「わぁ……」
ントランスに
歩踏み出したメリーアンは、
思わずため息を吐いた。
聖女様に婚約者を奪われたので、魔法史博物館に引きこもります。
美雨音ハル ill. LINO

オルグ
第三展示室の管理人
ネクター
第五展示室の管理人
トニ
第四展示室の管理人

第六展示室の管理人
ミルテア
第二展示室の管理人
ドロシー
第一展示室の管理人？
メリーアン
魔法史博物館の夜間警備員たち

エドワード
魔法史博物館の警備隊長
「あんたは絶対逃がさないさ」

聖女様に婚約者を奪われたので、魔法史博物館に引きこもります。
美雨音ハル ill. LINO

Contents

Seijyosama ni konyakusya wo ubawaretanode
Mahousihakubutukan ni hikikomorimasu.

敬意を忘れずに

プロローグ　泣きたいのはこっちなのですが

「君との婚約を、解消したいんだ」

メリーアンは、こんなにも緊張した婚約者の顔を初めて見た。

もう十年近く連れ添った婚約者だ。

喜びや悲しみ、怒り。様々な感情を見てきたつもりだった。けれど本当に緊張した時、彼はこんな顔をするのかと、メリーアンは新鮮に思った。まだ彼――ユリウスには、こんな一面もあったのか、と。

「……」

……わかっている。そんなことを考えているのは、現実逃避したいからだ。

住み慣れた伯爵邸の応接室。

向かい合って座るユリウスの隣には、美しく着飾った、見慣れない女性がいる。

薄くて特徴のない地味顔のメリーアンと違って、女性――ララは、眩《まばゆ》いプラチナブロンドと青い瞳《ひとみ》を持つ、御伽噺《おとぎばなし》から飛び出してきたプリンセスのような出立《いでた》ちをしていた。

「……さっきも言ったけど、ララのお腹《なか》には、子どもがいるんだ。まだ見た目にはわからないかもしれないけど、医者に診てもらったから確実だ」

「……」

「こんなこと、許されないってわかってる。だけど俺《おれ》との子どもができてしまったからには、責任を取らないといけない。本当にすまない！」

そう言って、ユリウスは頭を下げる。

そんなユリウスを庇《かば》うように、ララが砂糖菓子のような甘い声で言った。

「違うの！　ユリウスは悪くないの。婚約者がいるユリウスを好きになってしまったララが悪いのよ」

ガラス細工のように美しい青い目から、ポロポロと涙がこぼれ落ちる。

ララはほっそりとした指で顔を覆《おお》って、しゃくり上げた。

「ごめんなさい。メリーアンさんの大切な婚約者を奪ってしまって、ごめんなさい……」

「……」

「婚約者がいる人を好きになっちゃいけないって、浄化の旅の間、ずっと我慢していたの……」

でも、とララは涙ながらに、メリーアンを見つめた。

「心は自分だけのものだから……好きになる気持ちを止めるなんてことは、誰《だれ》にもできない。ララ、自分の心に嘘《うそ》をつき続けるくらいなら、ちゃんとユリウスに気持ちを伝えたかったの」

ユリウスとメリーアンは、聖職者と立会人のもと、神の御前で結婚の約束を交わした。また婚姻継承財産設定も法律家に頼んで文書にし、両親と共にサインをしたのだ。メリーアンが結婚可能年齢である十八歳になれば、そのまますぐに結婚していただろう。

この国では、婚約は結婚とほぼ同義であり、どちらかの落ち度によって婚約解消に至る場合には、慰謝料請求の権利が発生する。

つまり、婚約者がいる人を略奪するというのは、違法行為なのだ。

だから好きになってしまうことと、それを口に出して体の関係を持つということはまた別の問題のような気がするが、メリーアンはポカンとしたまま、何も言えずにいた。

「そうしたら、ユリウスも応《こた》えてくれたから。ララ、思うの。政略結婚で好きでもない人と結ばれるなんて、ひどいなって……」

ララは顔を手で覆って、ポロポロと涙を流した。

「……メリーアン」

ユリウスに静かに声をかけられる。

「君に何を言ったって、どんなに謝罪したって、許されないということはわかっている。幼い頃から共に過ごした君を裏切る俺は、きっと地獄に落ちるだろう」

でも、とユリウスは言う。

「俺は責任を取らないといけない。ララはこの国を救った聖女だ。その子どもに、父親がいないなんてことは許されないだろう」

ララは涙たっぷりに、ユリウスを庇うように言った。

「メリーアンさんの大切な婚約者の心を奪ってしまってごめんなさい。でも、ユリウスの心は、ユリウスのものでしょう？　だからユリウスを解放してあげて？」

「あっはい」

こうしてメリーアンとユリウスの婚約は解消されることになったのだった。

第一章　メリーアンの旅立ち

「聖女様の騎士に選ばれた。浄化の旅に同行することになったよ」

そうユリウスが言ったのは、今から約一年ほど前だったか。

メリーアンの顔に不安が浮かんだのを見て、ユリウスは安心させるように微笑んだ。

「俺《おれ》ももう十八だ。武勲をあげずに、クロムウェル伯爵を名乗るわけにはいかない。それにもう我慢の限界だ。これ以上領地に被害は出したくないんだよ。必ず無事に帰ってくるから、君はここで待っていて」

そう言うと、ユリウスは恥ずかしそうに笑った。

「君もあと一年で、十八歳になる。だから、その……帰ってきたら、結婚しよう」

嬉《うれ》しくて頷《うなず》いたその日のことを、メリーアンは昨日のことのように覚えている。

＊

このアストリア国では、数百年前より〝ミアズマランド〟と呼ばれる、汚れた土地が出現する。

ミアズマとは、人や獣を狂わせ、疾病を呼び寄せる、汚れた空気のことだ。

このミアズマのせいで多くのアストリア人が命を落とし、栄華を誇ったアストリアも、今では衰退の一途を辿《たど》っている。

メリーアンの両親も、ユリウスの両親も、このミアズマによって呼び寄せられた魔物や疾病のせいで、死んでしまった。

アストリアはここ数十年の間、ミアズマと他国からの侵攻という内外の問題を抱え、苦しい状況に立たされていた。

しかし、そこに現れたのが聖女ララだった。

聖女は、ミアズマを払うことができる唯一の存在だ。各地に散らばった神殿に祀《まつ》られた神より、数年から数十年に一度、「浄化の力を持つ人間が現れた」と神託が下る。男だった場合は聖人、女だった場合は聖女と呼ばれる。ミアズマランドが出現するたびに、この聖人・聖女がミアズマを払い、アストリアに平穏をもたらしてきた。

ララは百年ぶりに現れた聖女だった。そして彼女が各地を巡り、祈りを捧げたおかげで、全《すべ》てのミアズマランドは浄化されたのだ。

だから今、ミアズマから解放されたアストリアでは毎日のように祭りが開かれていた。ミアズマランドが完全に消えたのは、実に百年ぶりのこととなる。

もちろんユリウスとメリーアンが管理するこのクロムウェル伯爵領も、例外ではなかった。むしろ他のどんな地域よりも、人々は喜び、涙を流して神に感謝していることだろう。

国内に七箇所あるミアズマランドのうちの一つが、クロムウェル伯爵領にあったのだから。

だから国中が喜びに沸《わ》く今、暗い顔をしているのは、この国でメリーアンだけなのかもしれない。

＊

（なぜ、どうしてって聞きたいところだけど……そんな暇はないわね。とにかく、自分の身は守らなければ）

婚約解消に同意してから数日。

メリーアンは婚約解消に関する書類を用意したり、家政や領地管理に関する引き継ぎを行なったりと、目が回るほどの忙しさだった。

何しろ、ユリウスが浄化の旅でいない間の一年は、家政も領地の管理も全てメリーアンが一手に担っていたのだ。

領地管理は本来ならユリウスの仕事なので彼に任せるのはいいとして、問題はこの屋敷の女主人の仕事の引き継ぎだった。

「聖女様、あの、家政に関する引き継ぎを行ないたいのですが」

なんの感情もない声で、そう告げる。

ララは妊娠中のため、移動は体に良くないらしく、ここ数日伯爵邸に滞在していた。それも体調が思わしくないということで、主寝室を早速占領している。

なぜそんな状況でこの屋敷に押しかけてきたのかと思ったが、「誠意を持ってメリーアンに謝りたかったから」らしい。

メリーアンの前でお腹《なか》を愛おしげに撫《な》でるのが誠意なのかと思わなくもないが、考えると心が壊れてしまいそうなので、メリーアンは死んだような顔で淡々と引き継ぎを行なっていた。

「こちらの書類にまとめていたのですが、口頭でも説明した方がいいかと思いまして」

できれば一秒でも早くここから離れたいし、ララに話しかけたくない。

でもこれはメリーアンだけの問題じゃない。メリーアンが全てを放り出して逃げてしまったら、困るのは屋敷の使用人と領民たちだ。

そう言うと、ソファでくつろいでいたララは、困惑したような表情になった。

「えっ……？　そういうのは召使いのやる仕事よね？　だって貴族の女性はパーティやお茶会に参加したりするのが仕事でしょう？」

それは勘違いだ。

アストリアの貴夫人は、プライベートがないほどに朝から晩までみっちりと予定が詰まっている。屋敷の中で発生する金銭の管理は全て女主人の仕事だし、屋敷の使用人たちの監督に、夜会や茶会の準備、慈善事業への投資に領地の監視。数え上げればキリがない。

それに加えて、クロムウェル領地はど貧乏だ。資金繰りのために、何度も国や他の貴族に金を借りているので、各地へ回って頭を下げたり、屋敷に招いてもてなしたりと、目が回るほどの忙しさだった。

（そういえば聖女様は農民の出だと聞いたわ）

であれば、知らないことは別に恥ずかしいことではない。

ただし、これからは様々なことを学んでいかなければ、この領地を守っていくことは困難だろう。

ミアズマランドと化したここ数十年ほどで、クロムウェル家は没落の一途を辿っていた。しかしもともとマルレイア川中流域に位置するクロムウェル領付近は、岩塩の産地であり、アストリアにとっても重要な土地だった。

塩は人々の生活に欠かせないものだ。

クロムウェル領で精製された塩は船乗りたちがオルグス運河を通じて、アストリア各地に送っていた。また川が運んだ肥沃《ひよく》な土のおかげで作物は豊富に実った。塩と作物が豊かにとれるその土地を〝白銀の大地〟とアストリア王は呼んだ。それほどまでにクロムウェル領はかつて栄華を誇っていたのだ。

ミアズマランドがなくなった今、クロムウェル領は過去の栄華を取り戻すことも不可能ではない。白銀の大地がもう一度この地に戻れば、これからは莫大《ばくだい》な収入を得ることになるはずだ。

「……いえ、屋敷の女主人が管理します。これからは、聖女様がこの家を守っていくのです」

ユリウスが言うには、ララはこれからユリウスと結婚し、この地に住むのだという。

しかしララは、なぜか涙目になった。

「メリーアンさん、やっぱり怒ってるのね……」

「へ？」

「メリーアンさんの大事なユリウスをララが奪ったから、怒ってこんな意地悪をしているのよね？だって嘘《うそ》をついて、召使いの仕事をしろって言ってるんだもの」

どちらかといえば、今できる最大限の親切をしているつもりだったので、驚いた。ララの瞳《ひとみ》から、ハラハラと涙がこぼれ落ちる。

メリーアンがポカンとしていると、ララが連れてきたという王宮の侍女がキッとまなじりを釣り上げて言った。

「失礼ですが。今、ララ様は大切な時期なのです。あなたは男爵家の出ですよね？　たかだか男爵令嬢ごときが、ララ様に偉そうなことを言わないでください」

メリーアンは侍女の物言いに驚いた。

（たかだか男爵令嬢って……それではララの出自を貶《おとし》めているようなものだわ……）

それでもララは、自分の出自を馬鹿《ばか》にするようなその発言に気づいていないようだった。侍女の方も、どうやらララをバカにする気はなかったようだ。……それが余計に、タチが悪い。

（大丈夫なのかしら、この人……。忠誠心だけが高くても、聖女様をちゃんとお守りできないのでは……）

などと、人の心配をしている場合ではなかった。

「……では、一旦《いったん》執事長にお任せしておきますね。わからないことがあれば、執事長――マルトーに聞いてくださいませ」

執事長は、メリーアンに家政の回し方を教えてくれた人だ。

彼に任せておけば間違いはないだろう。

メリーアンは資料を抱えて、部屋を後にする。

ふと廊下にかけてある鏡を見て、侍女が警戒するのも少し納得できた。

鏡に映った自分の顔は、まるで人形のように、なんの表情も映していなかったのだから。

本当はこんなことになって泣き叫びたいほど辛《つら》いはずなのに、まるで心が凍ったみたいに、湧き出た感情がツルツルと滑り落ちていくような気がした。

＊

「慰謝料のことなんだけど……その、ララに請求するのは、やめてもらえないかな」

「……え？」

「今、ララは大事な時期だし……ショック受けちゃったら何があるかわからないだろ？　今すぐは払えなくても、俺がその分多めに払うから」

ユリウスの発言で、メリーアンは初めて、ララから慰謝料がもらえる立場であることを思い出した。それと同時に、どこまでもララを優先するユリウスに、顔が強張《こわば》ってしまう。

「……そう」

メリーアンは青い顔で呟《つぶや》いた。

肯定とも否定とも取れるその言葉に、ユリウスは気まずそうにする。

もともと、なんらかの事情で二人の婚約が解消された場合の慰謝料も、婚姻継承財産設定を書面にした時に決めていた。だから別に、メリーアンは慰謝料がどうとか、そういう生々しい話はあまり考えていなかった。

「慰謝料なんて言ったら、まるでララが悪者みたいだから――」

（は？）

メリーアンの心の中で、何かがひび割れたような音がした。

体が震え、スカートをぎゅ、と握る。

もうここにはいられないと立ち上がろうとした時、ララが部屋に入ってきて、パッとユリウスに抱きついた。

「お二人とも、なんの話ですか？」

「あ、ああ。なんでもないよ」

ララはメリーアンとユリウスが二人きりになるのを嫌がっているようだった。ちら、とメリーアンを見て、ユリウスのそでを引っ張る。

「ねえユリウス。私少し気分が悪くて……」

「それはいけない。部屋に戻ろう」

ああ。

もう無理。

ほんっっっっとに無理。

このままじゃ死ぬ。

気まずそうに首をかくユリウスに、メリーアンはとうとう我慢の限界を迎えてしまった。

＊

諸々の手続きを終え、あとはメリーアンの義両親からのサインを待つだけになった。メリーアンは幼い頃に実の両親と弟を亡くしているため、父の弟――叔父のアシュベリー夫婦と暮らしていた。

幸いなことに、メリーアンは義両親と折り合いが悪い。この様子なら喜んで婚約解消に同意してくれるだろう。

（あの人たちは、私の不幸を何よりも喜ぶから……）

ユリウスがララを連れてきてから、七日目の早朝。

メリーアンはたった一人、馬車の待合所に立っていた。

荷物は、トランクケースたった一つだ。

中には最低限の着替えと、少しのお金しか入っていない。

ユリウスはメリーアンが暮らしていけるように、全力で後のことを整えてくれると言っていた。

けれどメリーアンは一刻も早く、この家を出て行きたかった。ユリウスと、その隣で腹を撫でるララの姿を、辛くて見ていられなかったのだ。

（それに、クロムウェル領に居続ければ命の危険がある……）

メリーアンが心を押し殺してとにかく必死に婚約解消の手続きを進めていたのは、主にこれが理由だった。

ユリウスによると、二人の結婚はすでに国王に報告されているらしい。

おそらく、王は二人の結婚を祝福するはずだ。

なぜならララは今、ベルツ公爵の養子に入っている。

ベルツ公爵といえば、古くから王家に忠誠を誓う重鎮だ。実際、先代の国王の末娘が、公爵家に降嫁している。

クロムウェル領はミアズマが消えたことで、これから莫大な富を得ることになるだろう。その所有者たるユリウスとベルツ公爵の養子であるララを結びつけて関係を深めておけば、王家にとっても損はない。

もしもメリーアンが婚約解消にごねればどうなるか？

（……最悪、暗殺されかねないわ）

メリーアンはたかだか男爵家の娘だ。そんな娘が一人、病気で消えたとて、世間は何も思わないだろう。

「……」

薄暗い闇《やみ》の中、一筋の光が丘の向こうからやってくる。

こんなに最悪な旅立ちなのに、朝日は涙が出そうなほど美しい。

「ユリウス……どうして……」

私たち、今までずっと仲良しだったじゃない。私の、何がいけなかったの？

呟くと、目頭が熱くなった。

今泣いてしまうとここから動けなくなるような気がして、顔をくしゃくしゃにしながら、滲《にじ》みかけた涙を拭う。

メリーアンは後ろ髪を引かれる思いで、長年世話になった伯爵邸を振り返った。

事情があり、生家である男爵家を出て、十歳の頃からこの家にお世話になってきた。長い間家族のように面倒を見てくれたこの伯爵家と領民たちには、感謝しかない。

だから礼にもならないかもしれないが、なんとかこの後がうまくいくように、クロムウェル家の者たちに引き継ぎだけはしっかりとしてきた。

（さようならユリウス。さよなら、みんな）

どうか、みんなの生活がうまく回りますように。

本当は、一人一人にお礼を言って、別れたかった。

でも、今は無理そうだ。

一刻も早く出立《しゅったつ》しなければならない。

落ち着いたら、その時に来ればいいのだ。

（……そんな日は、来るのかしら）

知り合いの家にしばらく世話になる旨を書いた短い手紙を置いて、トランクケースをたった一つだけ持って、長年暮らした婚約者の家を出た。

目的地はない。

知り合いの家に行くなんて、嘘。

帰る場所も、ない。

ただ来たばかりの馬車に乗って、メリーアンは遠くに行く。

＊

それから、メリーアンはお金が尽きるまで適当に馬車を乗り継いで、とにかくクロムウェル領から遠く離れた場所に向かった。

クロムウェル領を出立してから、今日でついに三日目。

今朝《けさ》からどれくらい馬車に揺られていたのだろうか。

「ん……？」

何か目の前でゴソゴソと音がしたような気がして、メリーアンは目を覚ました。

外はすっかり明るくなって、正午の優しい光が金色の麦畑を照らしている。

「おっと……嬢ちゃん、目を覚ましたかい？」

「あ……はい」

馬車に乗り合わせていた旅人が、目を擦《こす》るメリーアンを見て微笑んだ。

「一人旅なんて珍しいね。嬢ちゃんはオリエスタに向かうのかい？」

「……」

メリーアンは頭の中に地図を思い浮かべた。

オリエスタはクロムウェル領から南方、王都の近隣にある、学業で有名な街だ。貴族が通う由緒正しいスクールと言うよりは、その道を極めた学者や研究者が多く集まるため、研究所や学術機関がいくつもある。

若い学生が集まる街でもあるので、まだ十八歳になったばかりのメリーアンが一人でいても、誰《だれ》にも不審には思われないかもしれない。

「俺もたまに滞在するがね。オリエスタはやはり若者が多くて、活気があっていいもんだ。大学も立派な建物が多いが、一番綺麗《きれい》なのはクロノアの神殿と、魔法史博物館だな」

旅人は髭《ひげ》をさすりながら言う。

「魔法史博物館は入館料がそんなに高くないわりに展示物は結構あるし。壮大な歴史に触れると、少しは気もまぎれるかもよ」

「……」

メリーアンがあまりにもひどい顔をしていたからだろう。

旅人は気を遣って、そんなことを教えてくれたのかもしれない。

（オリエスタで降りよう）

メリーアンは旅人に礼を言うと、御者にオリエスタで降りる旨を伝えた。

＊

旅人が言うように、オリエスタは活気に満ち溢《あふ》れていた。

聖女ララを祝う祭りまで行われていて、楽しそうな歌が聞こえてきたり、屋台が出ていたり、ダンスをしていたりと、街はどこもかしこも幸せそうな雰囲気だ。

「はあ。ここで降りたのは、失敗だったかも」

（こんな暗い顔してるのって、私だけよね？）

聖女ララを讃《たた》える歌に耳を塞《ふさ》ぎながら、メリーアンは足早に今晩の宿を探す。

けれど俯《うつむ》いてばかりいたからだろうか。

すっかり宿屋街からは離れて、比較的静かな区画へと気づいたらやってきてしまった。

「……？」

ふと顔を上げると、目の前にまるで貴族の屋敷のような、大きな建物があった。

〝オリエスタ魔法史博物館〟

入り口にはそう書かれている。

（あの旅人のおじさんが言っていた博物館……？）

メリーアンは吸い寄せられるように、気がつくと博物館に足を踏み入れていた。

「わぁ……」

エントランスに一歩踏み出したメリーアンは、思わずため息を漏《も》らした。

ドーム状になった天井《てんじょう》には、深い青に金色の絵の具で星座が描かれ、その昔大空を駆けたというドラゴンの巨大な標本が、吊り下げられていた。

大理石の床は、星座盤の柄が描かれている。

博物館独特の深みのある匂《にお》いがして、メリーアンの顔に自然と笑顔が浮かぶ。

「すごく綺麗だわ」

エントランスに立ってあちこちを見渡していると、二階へと続く大きな階段の横に、騎士のような服装をした人々がいた。何やら頭を寄せ合って、話し込んでいる。

（警備員さんかしら）

その中にいた男性の一人が、不意にこちらを向いた。

銀色の髪の、遠目からでも美しいとわかる男性だ。

「……？」

男性は、メリーアンを見つめると、目を見開いた。

メリーアンは思わず、あたりをキョロキョロと見回す。

どう考えても、自分を見ているようにしか思えないのだが……。

（……何かしら？）

メリーアンはなんだか恐ろしくなって、慌てて目を逸《そ》らした。

それから受付に近づくと、中にいた受付嬢に館内を見学したい旨を伝える。

「ようこそ」

半分こにしたバウムクーヘンのような受付で、チョコレート色のかわいらしい制服と飾り帽子を被《かぶ》った受付嬢がにっこりと笑った。

「大人一人三百ダールになります」

小銭がポケットに入っていたので、言われた通りの金額を支払う。受付嬢はその様子をじっと見て、微笑んだ。

「今日はどのようにしてこちらまで来られました？」

「え？」

「ああ、ごめんなさい。ご旅行でいらっしゃったのかなと思いまして」

メリーアンの旅装《りょそう》を見てそう思ったのだろう。

まさかそのようなことを聞かれると思っていなかったメリーアンは、思わず素直に答えてしまった。

「あー……適当にぶらぶらしていたら、この博物館にたどり着いたんです」

（しまった。学生だとでも言っておけばよかったわ）

若い女性が一人で旅行なんて、不審なことこの上ない。

しかしそれを聞いた受付嬢は、ぱあっと明るい笑顔を浮かべた。

「まあ！　それは、素晴らしいことですわ！」

「へっ？」

「だって管理人は、いつもそのようにして現れるもの」

最後の言葉の意味は、メリーアンにはよくわからなかった。

メリーアンの様子は気にせず、受付嬢はにっこりと微笑む。

「いってらっしゃいませ」

「あ、ありがとうございます？」

受付嬢の言葉に首を傾《かし》げながらも、メリーアンは博物館の神秘的な雰囲気に呑まれて、まるで吸い込まれるように足を進めた。

*

オリエスタ魔法史博物館は、建物自体が芸術作品のような、二階建ての美しい博物館だった。

エントランスを奥に進むと大きな階段があり、階下には第一展示室から第三展示室が、階上には第四展示室から第六展示室があった。

その名前の通り、魔法に関する歴史的な資料を収集し、展示しているようだ。

展示物の種類は大まかに分けると、次のようなものがある。

エントランス　占星術《せんせいじゅつ》
第一展示室　妖精《ようせい》
第二展示室　魔法《まほう》に使用される道具や衣装
第三展示室　魔法生物《まほうせいぶつ》
第四展示室　魔導書《まどうしょ》
第五展示室　呪術《じゅじゅつ》
第六展示室　神聖術《しんせいじゅつ》

第一展示室には、幻想の森の湖に住んでいたとされる、フェアリークイーンの人形と、百を超える妖精たちの人形が展示されていた。その一つ一つにキャプションがつけられ、子どもでも理解できるように説明が書かれている。再現されたその部屋の美しさに、メリーアンは息を呑《の》んだ。

迫力があったのは、魔法生物の展示だ。

ペガサスやユニコーン、不死鳥《ふしちょう》の標本、ホムンクルスのホルマリン漬け、過去に使用されたと言われる、壊れたゴーレム兵。どれも今にも動き出しそうで、ドキドキしてしまう。

魔法に使用される道具や衣装の展示では、珍妙な衣装を着たマネキンや、不思議な形をした杖《つえ》や鍋、ランプなどが置いてあり、とても奇妙かつ目に楽しい部屋になっていた。

一番恐ろしかったのは、間違いなく呪術の展示だろう。

部屋は薄暗くセッティングされており、グツグツと煮える鍋をかき回す鷲鼻《わしばな》の老婆が恐ろしく展示されていた。そのすぐ上には赤い文字で「人を呪わば穴二つ」と大きく書かれている。

(面白《おもしろ》い展示ね。魔法に縁のない私でも、楽しく見られるわ)

メリーアンは博物館を夢中になって見て回った。

展示物を眺めたりキャプションを読んだりする間、思考の大半を占めていたユリウスとララから解放されたのが救いだった。

＊

メリーアンが一番心を奪われたのは、魔法の主たる妖精の展示だった。

もうすぐ閉館時間だ。

早く宿を取らないと泊まる場所がなくなってしまうかもしれないのに、館内を一周回った後、メリーアンは一番最初の展示室に戻ってきた。

神秘の森を模した薄暗い部屋の湖に、美しく微笑むフェアリークイーンと、妖精たちの姿があった。展示の説明には、大きくこのような文言が書かれている。

〝かつて魔法は、妖精族のものであった〟

メリーアンが暮らす、アストリア国を含むこの大陸には、二百年前までは妖精が住んでいた。

人々は妖精と共存し、妖精から魔法を学んで生きていたのだという。

けれど強欲な人々はさらに豊かになろうと、人を殺せるような、危険な魔法を教えて欲しいとクイーンに乞うた。

妖精たちは、教えることを拒んだ。

怒った人間たちは、妖精たちの領域に踏み込み、彼らを殺戮《さつりく》して魔法を奪った。

そうして人間は栄えたが、妖精たちは滅び、二度と新しい魔法が生み出されることはなかったという。その証拠に、二百年たった今でも、クラス10以上の魔法は生まれていない。

(あなたは、人間のことを愛してくれていたのに。裏切られて、どんな気持ちだったのだろう)

刹那、ユリウスの顔が脳裏に浮かぶ。

メリーアンは唇を噛《か》んで、首を横に振った。

「……嫌な歴史。嫌いだわ」

博物館には、自分の国が嫌いになるような、そんなものも展示されている。

直視したくないような歴史。

美しいだけではなく、悲しくて、怒りが込み上げてくるような歴史もある。

そういうものを見ると、メリーアンはアストリアのことが心底嫌いになってしまいそうになるのだった。

俯いていると、不意に声をかけられた。

「好きも嫌いもねェよ。あるものを、あるがままに展示する。そして人は歴史を受け入れるだけだ」

はっと振り返ると、男性が一人、入り口にもたれかかってじっとメリーアンを見つめていた。

レンジャーのような、騎士服のような、独特な制服を来た男性だった。先ほどエントランスで、メリーアンを見つめてきたあの男だ。

ここの、警備員なのだろうか。腰のベルトにいくつもの鍵《かぎ》をぶら下げている。

銀色の髪に、薄紫の瞳。陶器のような白い肌に、すっと通った鼻梁《びりょう》。

あまりの美しさに、メリーアンは息を呑んでしまった。

(この人……どこかで、見たことがあるような)

あの研ぎ澄まされたような、アメジストの瞳。

確か、王宮で――。

「あんた、その展示が気になるか?」

何か、思い出しそうになった時。

男はメリーアンの思考を遮《さえぎ》って、そう尋ねた。

「え?」

突然馴《な》れ馴れしく話しかけられて、メリーアンはしどろもどろになってしまった。

「え、ええ。とても綺麗だし……」

「……そうか。だが、もうすぐ閉館だ」

「あ」

部屋にあった時計を見れば、いつの間にか時刻は午後五時を回ろうとしていた。昼過ぎから入館したので、もう五時間近くこの博物館にいることになる。

「……ごめんなさい。私、すっかり夢中になっていたみたいで。それじゃあ」

そう言って男のそばを通り抜けようとした時。

メリーアンの視界がグニャリと歪《ゆが》んだ。

（え？）

「……っ」

体に力が入らない。

妙に視界がスローになり、ゆっくりと床が近づいてくる。

（そういえば私、いつからごはん、食べてなかったんだっけ……？）

食事だけじゃない。

眠れない夜を過ごし、体力は限界を迎えていた。

迫りつつある地面を見ながら、メリーアンはゆっくりと目を瞑《つむ》った。

＊

メリーアンは夢を見ていた。

幼い頃の夢だ。

「どうしてみんな、わたしを置いていってしまったの……？」

メリーアンの両親と弟は、メリーアンが五歳の時に、屋敷に侵入した魔物に食い殺されて亡くなってしまった。風邪をこじらせて病院に入院していたメリーアンだけが助かったのだ。

いや、それは助かったと言えるのだろうか。

こんなに悲しい思いをするのなら、いっそみんなと一緒に行きたかったと、幼いメリーアンは泣いた。

メリーアンの悲劇は、それだけではなかった。

父の爵位と遺産、そして領地は、父の弟に渡った。そしてメリーアンも、引っ越してきた叔父一家と共に、そこで暮らすことになったのだ。

叔父と、継母、そして一つ下の義妹。

突然転がってきた貴族夫人という立場と大金に目がくらんだ継母は、メリーアンを差し置いて、自分や娘のために高価な宝石やドレスを買《か》い漁《あさ》った。

「お、お願い、返して！　それ、お母様の形見なの！」

継母は母の形見をほとんど売り払い、そのお金でまた新たな物を買い漁っていた。

中でも母が大好きだった妖精のブローチは、メリーアンが大切に保管していたのに、結局継母に見つかって取り上げられてしまった。

「まあ、わたくしを泥棒扱いするの？　本当に躾《しつけ》のなっていない、生意気な娘だこと！」

「痛い！　やめて！」

継母は気に食わないことがあるたび、鞭《むち》でメリーアンを打ったり、物置に閉じ込めたりした。義妹はそういう母親を見て育ったからか、メリーアンのものを盗んだり、意地悪をしたりするのが当たり前になっていた。叔父もメリーアンには興味はないようで、二人の非道な行いを諫《いさ》めてもくれない。

幼い頃は明るくておてんばだったメリーアンも、そういう仕打ちに耐えるうち、少しずつ口数が減り、生来の明るさを失ってしまった。

それからクロムウェル伯爵家に救われるまで、メリーアンはあまり幸福とはいえないような幼少期を過ごしていたのだった。

＊

「……っ」

はっと目を覚ますと、見慣れない天井が視界に入った。

走った後のように、呼吸が荒い。びっしょりとかいた汗を拭って起き上がる。

「ここ、どこ……？」

目の前の光景に、メリーアンは首を傾げた。

見たことのない景色だったのだ。

小さな部屋に、いくつかのベッドが置かれている。ツンとしたこの匂いは、消毒液の匂いだろうか？

部屋にはメリーアン以外誰もいないようだった。

「そうだ、私、倒れちゃって……」

銀色の髪の男性と話している途中で、意識を失ってしまったのだ。

かなりの時間眠っていたような気がする。

メリーアンは慌てて靴を履《は》くと、外へ出るドアを開けて廊下に出た。

「！」

窓から見える空には、すっかり月が昇っていた。もう真っ暗だ。

（随分長い時間、眠っていたのね……）

しんとした廊下。

ドアを振り返れば、〝救護室〟とプレートに書いてある。どうやら倒れたメリーアンを誰かがここに運んでくれたらしい。

（ここ、博物館の中よね？　もう誰もいないのかしら）

お礼と謝罪をしてここから出たかったのだが、近くに人がいる気配がない。というか、現在位置がさっぱりわからない。

目を細めると、廊下の向こうにバウムクーヘンのような受付が見えた。

「あれは……エントランス？」

ひとまずエントランスまで出ればどうにかなるだろうと思って、メリーアンが歩き出した時。

何か光るものが、メリーアンのすぐ後ろを横切ったような気がした。風で髪が僅《わず》かに揺れる。

「っ！」

思わず振り返る。

けれど後ろには誰もいない。

（気のせい……？）

キョロキョロしていると、今度は頭上から、女性の甲高い笑い声が聞こえてきた。

「キャハハハハ！」

「うわっ⁉　何⁉」

「随分と若いわね！　次の管理人は小娘ってわけ！」

「あなた誰⁉　どこにいるの⁉」

からかわないで！　と叫んで振り返っても、誰もいない。

（でも、でも！　絶対に誰かいる！）

メリーアンは真《ま》っ青《さお》になった。

恐ろしくなって、薄灯《あか》りのついたエントランスに向かって走り出す。

「っすみません！　誰かいませんか！」

エントランスに入ると、メリーアンはあれっとなった。

エントランスに出たと思っていたのに、そこは野外だったのだ。

だって天井がなくて、空が見える。そして空に浮かぶ幾千もの星。薄灯りだと思っていたものは、あの星の光だったのだ。

……いや、違う。

あのバウムクーヘンのような受付もあるし、壁もある。

それぞれの展示室に繋《つな》がる扉も。

メリーアンは混乱してしまった。

突然、天井が抜けてしまったということ？

「私、まだ夢を見ているの？　それとも気が触れたのかしら……」

不意に、メリーアンは恐ろしいことに気づいた。

天井が抜けているのではない。天井が本物の空のように、変化しているのだ。

そして、天井から吊るされていたドラゴンの標本が消えていた。

ワイヤーだけがぶらりと宙にぶら下がっている。

「……」

——……ドシン。

重量感のある音と同時に、床が揺れた。

音をした方を見れば、廊下の奥に恐ろしいものが見えた。

「ひっ」

腰が抜けそうになった。

廊下の奥で、金色の目がギラリと輝いている。

「あ、あ……」

奥にいたのは、間違いない、天井に吊るされていたドラゴンだ。

(展示物が動いている！)

凄《すさ》まじい咆哮《ほうこう》が上がった。

ドラゴンがメリーアンを見つけて、舌なめずりした。

それから勢いよくこちらに向かって走ってくる。

「いやぁああ！　来ないで！」

慌てて走り出そうとするが、足がもつれて思いっきり転んでしまった。

そんなメリーアンに、青いドラゴンが勢いよく突っ込んできた。

古《いにしえ》に生息していたと言われるブルードラゴンは、その鱗が全てサファイアでできているという。

（あの話って、本当だったんだ……）

ドラゴンの大きな口を目の前で見て、呑気《のんき》にそんなことを思ってしまった。

「そこどいてぇーっ！」

ドラゴンの口に飲み込まれそうになった時。

甲高い少女の声がホールに響いた。

「!?」

「うぎゃあああああ！」

暴《あば》れ回る箒《ほうき》にぶら下がった少女が、間一髪のところでドラゴンに激突した。凄まじい勢いに、ドラゴンも少女も弾《はじ》け飛ぶ。

少女は床にゴロゴロと倒れ、ドラゴンもきゅう、と伸びてしまった。

「だ、大丈夫!?」

「うぎゅうぅ……」

慌てて駆け寄れば、少女は完全に目を回していた。

額に大きなたんこぶができている。

「たぁすけてくださぁいいいいいい！」

オロオロしていると、今度は神官服と警備員の制服を組み合わせたような服を着たプリーステスの少女が、泣きじゃくりながらこちらに走ってくる。彼女の背にいたものを見て、メリーアンは再び失神しそうになった。

あれは魔法生物の部屋にいた、ユニコーンとペガサスだ。低空飛行しているのは、グリフォンだろう。まるで猛獣が獲物を見つけたかのように、プリーステスの少女を追いかけ回している。

「神よーーっ⁉」

少女は泣き喚《わめ》きながら、真っ直《す》ぐにこちらへ向かって走ってきた。

頼むからこっちに来ないで！

そう思ったが、少女は止まらない。

メリーアンは完全に腰を抜かしてしまった。

「おわぁあああ⁉」

着ているローブの丈が長かったのだろう。

少女は裾《すそ》を踏んづけて、盛大に顔面から転んでしまう。

「神よ！　私を見捨てなさったのか⁉　なぜこのようにローブの丈を長くしたのですかーっ！」

「どう考えてもローブの丈を詰めなかったお前の怠惰のせいだろう！」

猛獣たちに食べられそうになっていた少女を、間一髪で突然現れたスキンヘッドの男性が引っ張り上げ、なんとか助けた。

スキンヘッドの男性が何かキラッとしたものを遠くへ放り投げると、猛獣たちは目を輝かせてそれを追う。

「失礼、お嬢さん」

「な、な、な……」

泡を吹いて失神しそうになっているメリーアンに、スキンヘッドの男性は申し訳なさそうな顔をした。

「マグノリアのばあさんが死んでからこっち、博物館は毎夜こんな感じさ。フェアリークイーンが認めた鍵の管理人がいないから、理性を失くしてやがる」

「ふぇ……？」

「だが、あんたが来たということは、それも今日で終わりかもしれないな」

「な、なんの、はな……」

最後まで言えなかった。

気絶していたブルードラゴンが起き上がったのだ。

スキンヘッドの男性は舌打ちすると、メリーアンの手を引っ張って立たせた。

「すまんが俺たちにゃあ、止めてやることしかできん。ほら、行け！」

「うひゃあああ⁉」

背中を押され、メリーアンは妖精の展示室へと一直線に突っ込んでしまった。

＊

間一髪。

メリーアンが部屋に飛び込むと同時に、うまい具合にドアが閉まった。背中から爪《つめ》でガリガリと引《ひ》っ掻《か》くような音が聞こえてきて、腕に鳥肌が立つ。

「ひぃっ！」

メリーアンは目をつぶり、ドアを背にしてずるずると座り込んだ。

ドアの向こうから、凄まじい咆哮が聞こえてくる。

「はぁ、はぁ……私、きっと夢を見ているんだわ！」

だってそうじゃないと、こんな状況を認められるわけがない。

姿の見えない声に、ブルードラゴン、グリフォンにペガサス、ユニコーン……。

「お願い、夢ならどうか覚めて」

そう思いながら、ゆっくりと目を開いたメリーアンの表情が、凍りついた。

「⁉」

う、そ……。

メリーアンの唇から、吐息のような声がこぼれ落ちる。

――今度こそメリーアンは、野外に出ていた。

それも、深い森の中。

生い茂る木々と水の湿った香りが、メリーアンの鼻をくすぐった。

ここは、妖精の展示室のはずだった。

木々や水は、作り物だったはずなのに。

室内は、完全に森の中になっていた。

「キャハハ！」

「キキキっ！」

そしてあちこちを飛び回るのは、展示室に展示されていたはずの小さな妖精たちだった。ものすごい数の妖精たちが、はしゃぎ回りながらメリーアンの周りに集まってきた。

「ビクビクしてないでお菓子を頂戴よ！」

「見てよこの顔！　怯《おび》えまくって面白い！」

「イジメちゃダメだよ、可哀想《かわいそう》……」

「ひ……」

メリーアンは逃げるようにして、森の奥へ走る。

森を抜けると、突然視界が開けた。

「！」

草原だ。

奥にはいくつもの背の高い廃墟や、何に使うかわからない壊れた機械――とても今の時代では開発できないような代物だ――があちらこちらにあった。

廃墟や機械は植物に侵食され、空から降《ふ》り注《そそ》ぐ柔らかい日差しを浴びて、穏やかな様相をしていた。まるで滅びた文明を見ているような、そんな気持ちになる。

「何、これ……」

唖然《あぜん》としながらも歩みを進めれば、そばにあった崩れたドーム状の建物の中心で、何かが光った。

思わず目を閉じると、どこからともなく呆《あき》れたような声が聞こえてくる。

「ふぅん。全く、老婆が死んだと思ったら、今度は若すぎる娘が鍵の管理人というわけ」

「!?」

目を開ければ、一際《ひときわ》強い輝きを持つ、蝶《ちょう》の羽を背につけた小さな女性が、蔦《つた》の絡《から》まる壊れた石の玉座に座っていた。

壊れた天井から降り注ぐ光が、女性を幻想的に照らしている。

――フェアリークイーンだ。

あのフェアリークイーンの人形がメリーアンを見つめていた。

けれどそれはもう人形ではない。そこには確かに、魂が宿っている。

クイーンのあまりの美しさに、メリーアンは声を失ってしまった。この世にこれほど美しいものがあるなんて、知らなかった……。

呆然《ぼうぜん》とするメリーアンを、クイーンはじっと見つめた。

「まあでも、十分に才能はあるようだ」

「……?」

「鍵の管理人の才能が」

「……鍵の、管理人?」

「そう。正確には、管理人の資格を持つ者」

なんの話をしているのか、さっぱりわからない……。

「全く、老熟しすぎた死に損ないが来たと思ったら、今度は青すぎる未熟者だこと。ちょうどいい者が来た試しがない」

「……な、なんの話？」

（というか、なぜ二百年前に滅んだはずの妖精が、生きているの？）

メリーアンは混乱しっぱなしだ。

「鍵の管理人の話。お前には才能がある。それも一番難しい、妖精の展示室を管理する才能が」

「……？」

真っ青《さお》を通り越して、真っ白になって震えているメリーアンが、いっそ哀れになったのだろう。

クイーンは肘掛けに肘をついて、大欠伸《あくび》をした。

「……あの、どうしてあなたは生きているの？　二百年前に、滅ぼされたはずではなかったの？」

そう尋ねると、クイーンは眠そうな顔で言った。

「私たちは滅んだのではない。肉体を捨て、別の惑星に移住したのだ。お前たちとは〝生〟の定義が違う、別次元の生命体になった」

惑星。

別次元の生命体。

わからない言葉だらけで、余計にメリーアンは混乱してしまう。

「妖精の展示室は、私たちが住む惑星に繋がっている。人形として形作られたものだけが、夜になると展示室を出て動き回ることができる」

クイーンはどこか懐かしむような表情を浮かべていた。

「私たちは故郷を追われ、この文明が滅びた星へ移住を余儀なくされた」

「……」

「ここでの生活も悪くはない。しかし私たちは、いつか生まれ育った故郷へ帰りたいのだ」

それではあの扉を潜って、戻ってくればいいじゃないか。

メリーアンはそう思ったが、恐れ多くて口にできなかった。妖精たちを追い出したのは、メリーアンたち人間だ。そんな無神経な言葉を彼女にかけるわけにはいかなかった。

そんな思いを汲《く》み取ったのか、クイーンは微笑んだ。

「お前たち人類が進化し、我々と共存できるようになるまで、この地を出るつもりはない。妖精の展示室に来る人々を通して、私はお前たち人類を観察している」

(よくわからないけど……あの展示室に来る人々を見て、自分たち妖精族がこの地に帰ってくるタイミングを見計らっている、ということなのかしら)

もうこれは夢に違いないと思ったら、いっそ冷静に物事を考えられるようになってきた。

「……じゃあ、どうして博物館の展示物は、夜になったら動き出すの?」

そう尋ねると、クイーンは困った顔をした。

「夜空にルミネが出ている間は、どうしても魔法の力が強まって、展示物に命を吹き込んでしまう。

それに悪戯《いたずら》好きの妖精たちは、常に展示室を出たがっている」

どうやら展示物が動くのには、クイーンも困っているらしい。

「妖精の展示室の管理人の使命は、妖精たちを落ち着かせて、あの博物館を守ること。妖精たちがトラブルを起こせば起こすほど、展示物たちは騒がしくなり秩序を乱す。しかし私たち妖精はあの博物館を通じて、人類を観察しているのだから、あの場所がなくなってしまったら困る」

「……」

「これは二百年前よりアストリア王と交わした盟約だ。アストリア王は我々を排除したことを深く後悔した。いつか人類が進化し、共生できるだけの知恵がついたならば、この地に戻ってきて欲しいと私に嘆願したのだ」

だからクイーンは、あの博物館を基点とし、人々を観察している。

そしてその手助けをするのが、管理人の仕事。

今は妖精の展示室の管理人がいないから、他の展示物が暴れ回っているのだという。

「管理人がいれば落ち着く。お前は管理人の才能がある。ならばお前のやることは一つ。妖精の展示室の管理人になりなさい」

「……私、は」

そんなこと、できっこない。

婚約者の心一つ繋ぎ止めておけなかったメリーアンが、そんなこと、できるわけが。

メリーアンはあの件で、様々なものを失ってしまった。

地位、財産、名誉。

愛や人を信じる気持ち。

自信もまた、失ってしまったものの一つだろう。

「……できないわ。私、妖精のことなんて、何一つ知らないもの」

それにそんなこと、やりたくなんかない。

もう何も考えず、消えてしまいたいのに。

「やったこともないのに、なぜそう言い切れる?」

「……」

「道端の石ころしか見ないような目では、管理人にはなれない」

「……?」

クイーンはダダをこねる子どもを微笑ましく見るような目をしていた。

それからパチン！　と指を鳴らすと、メリーアンの視界がグニャリと歪んだ。

「見よ。その曇りなき目で」

「っ！」

「そしてこの博物館を守っておくれ」

クイーンはそう言って、微笑んだ。

＊

「……」

目を覚ますと、どこかで見たことのある天井が視界に入った。

真っ白な天井。メリーアンが慌てて起き上がると、それは先ほどまでいた、救護室だった。

「嘘、さっきの展示物たちは……？」

慌ててあたりを見回す。

けれど救護室の中は静かだ。カーテンからは、夜明けの光が見えていた。

どれほど長い時間、ここで眠っていたのか。

「なんだ……夢、だったのね……」

メリーアンはホッとして、涙が出そうになった。

展示物が動いたのも、フェアリークイーンと不思議な会話を交わしたのも、全て夢だったのだ。

悪夢を見た後の、心の底から安心した感覚が体を包む。

「ねえねえ、夢ってなんのハナシ？」

「何って、さっきの……」

ひ、とメリーアンは息を呑んだ。

突然視界に現れたのは、頭に包帯を巻いた金髪のショートカットの少女。あの、箒に乗ってドラゴンに激突した女の子だ。キョトンとした顔でメリーアンを見つめている。

メリーアンがポカンとした顔をしていると、少女はにっこり笑って言った。

「あ、初めまして！　さっきはごめんね！　私、夜間警備員のドロシー！　あっちのベッドで気絶してるのがミルテアと、トニだよ！　トニは魔導書にお尻《しり》を噛まれたとかなんとかで気絶しちゃっ

たんだって。ミルテアはグリフォンに引き摺《ず》り回されたみたい」

「……」

「エド隊長とオルグは、鍋婆の鍋にぶち込まれたネクターを救出中！」

聞いているだけで腰が抜けそうになった。

メリーアンはガタガタと震え出す。

「あなた、すっごいね！　妖精の展示室の管理人がこんなに若いなんて、私聞いたことないよ！

ぜひ名前を教えて？」

「ひ、ぁ……」

「ヒアちゃん？　変わった名前だねー！」

「いやぁーっ」

メリーアンは絶叫して、とうとう気絶してしまったのだった。

＊

（こんなの嘘よ！　絶対に悪い夢だわ！）

メリーアンは夜明けの街を全力疾走していた。

結局、昨夜のことは夢ではなかったらしい。

気絶から回復した後、荷物を持ってあの博物館から飛び出してきたのだ。

「待って！　乗るわ！」

朝一番の馬車が、待合所から出発しようとしていた。

メリーアンは走って御者に声をかける。

ゼエゼエと息を切らすメリーアンに、御者はギョッとしていた。

「はあ。乗るのはいいけど、うちの馬車は前払いだぜ」

「はぁ、はぁ……もちろんお金ならあるわ。ちょっと待って」

そう言ってトランクケースの中をひっくり返す。

しかしお金を入れた巾着が見つからない。

「あれっ？」

ない。ない！

カバンの中をガソゴソと漁ったが、お金も、お金の代わりになりそうなものも、全てなくなっていた。

ふとメリーアンは思い出した。

オリエスタに来る前に乗っていた馬車で、旅人と会話をした。確かその直前、何かゴソゴソと音がして、目が覚めたのだ。

メリーアンは真っ青になった。お金を取ったのは、あの旅人かもしれない。

それとも、メリーアンが気絶している間に、あのおかしな警備員たちに取られた？

「金がないんじゃあ乗せられないな」

「ま、待って！」

「すまないが、また今度な」

馬車の御者は肩をすくめると、無情にも馬に鞭打った。

去っていく馬車を見ながら、メリーアンは地面に崩れ落ちた。

「全部夢だと言って」

どうか悪夢だと。

できれば、ララがやってきたあたりから。

——お嬢様が消えた。

私たちの大事な、メリーアン様が。

＊

「坊っちゃんは一体、何を考えているのかしらね」

「こんなのってないわ。辛い時も苦しい時もずっと支えてくれたのは、メリーアン様じゃない！」

「屋敷もうまく回っていないし……。結局誰が責任を取るのかしら？」

侍女頭であるエイダは、不満を漏《も》らす侍女たちの気を引くために、手を何度も打ち鳴らさなければならなかった。

「ほらあなたたち、おしゃべりばかりしていないで、早くやるべきことをやってちょうだい」

調理場もランドリールームも、どこもかしこも下働きたちの不満で溢れている。ララがこの家に来てからというもの、ずっとこの調子だ。エイダはもう何度手を打ち鳴らしたかわからない。

「だってエイダ。私たちの女主人が、このお屋敷にはいないよ！　なのにどうやって働けっていうの？」

「その点については問題ないわ。各仕事場の予算も人員も、全て組まれていますから」

侍女たちは顔を見合わせた。

それから、そばかすの浮いた赤毛の少女がおずおずと手を挙げた。

「あの……それはあの人が作成されたのですか？」

「あの人、というのは？」

「坊っちゃんのお熱の人です」

エイダは呆れてしまって、ため息をついた。

全く。いくらメリーアンが大事とはいえ、この国を救った救世主をそんなふうに呼ぶなんて。

（とはいえ、私だって同じ気持ちなんだけどね）

それでもこの下働きたちの管理をするのが、エイダの仕事だ。

たとえ屋敷の主人の浮気相手に対してだろうが、給金をもらっている以上はやるべきことはやる。

「いいえ、この予算管理表を作ったのはメリーアン様ですよ」

「！」

そう告げれば、侍女たちは顔を見合わせてパッと顔を輝かせた。

メリーアン様の指示ならば、とようやく動き始める。

皆がメリーアンがいないと不安になる気持ちは、エイダもよくわかった。

クロムウェル伯爵家で働く者たちにとって、メリーアンは女主人であり、自分たちの大切な娘、あるいは姉や妹だった。

屋敷の使用人たちは、ほとんどがメリーアンが雇用の機会を生み出したことによって救われた者たちだ。

だから一般的な貴族家とは違う。

騎士が忠誠を誓うように、皆がメリーアンを慕っていた。

(お嬢様がこの屋敷にいらっしゃってから、もう十年近く経《た》つものね)

エイダはため息をついて、降り始めた雨を眺めた。

*

メリーアンがこの伯爵家にやってきたのは、彼女が十歳の頃だった。

ユリウスとメリーアンの婚約は、彼らが生まれた時に、親友であった先代同士が決めたのだという。

ところがメリーアンの両親は早くに魔物に襲われ亡くなってしまった。

そこへやってきた義父母と、どうもうまくいっていなかったようだ。

見かねたユリウスの両親……つまり当時のクロムウェル夫妻が、花嫁修行と称して、メリーアンを引き取った。と言っても、メリーアンもユリウスも全寮制のスクールに通っていたので、帰ってくるのは夏季休暇や、冬季休暇だけだったのだが。

エイダもその時は入ったばかりの下女であったから、よく事情はわかっていなかったのだけど、とにかく当時のメリーアンは笑顔も見せず、声も出せずで、ひどい有様だった。

そんな彼女を変えたのは、先代夫婦やユリウスや、そして領民たちなのだろう。

ミアズマランドと化したこの地は人が多く死ぬ。だからこそ、人々は強靭《きょうじん》な精神と底抜けな明るさを持ち、団結力が強かった。

男爵令嬢だろうがなんだろうが関係ない。

領民たちは落ち込むメリーアンを励まし続けた。もちろんエイダも屋敷の使用人たちもだ。塞ぎ込《こ》んでいたメリーアンは、そうして少しずつ元気を取り戻していったのだった。

月日は流れ、ユリウスが十六歳、メリーアンが十五歳の頃に二人はスクールを辞めた。クロムウェル夫妻が病に倒れ亡くなってしまったのだ。

ユリウスはメリーアンがスクールを辞めることを止めようとしていた。エイダには詳しくはわからないが、メリーアンは相当優秀だったらしい。

けれどメリーアンは、自身の学歴にはちっとも興味がないようだった。

『学んだ知識を役立てるのは、今でしょう?』

それから二人は、両親から継承した土地とわずかばかりの財産をなんとか守りながら、慎《つつ》ましい生活を送った。

毎年多くの人々が死ぬ上、魔物対策に金を回すため、ドレスも新調できないほどの貧乏さだった。

それでもメリーアンは、今が一番幸せだと文句一つこぼさなかった。

そしてやっと、ミアズマが浄化され、かつての栄光を取り戻す時が来たというのに。

……それなのに、メリーアンの隣にユリウスはいない。

成功した男性が、それまで支えてくれた伴侶を捨てて、新しい若い女性に走ることなど多々ある。

しかしこれは、よくある、という一言でまとめ切れることではない。メリーアンはこの土地にとって、あまりにも重要な人物なのだから。

＊

「だから、早くメリーアンを探さないと……！」

エイダが掃除のために執務室に入ろうとすると、ユリウスと執事長のマルトーが、言い争いをしていた。と言っても、ユリウスが一方的に感情を昂《たかぶ》らせているだけのようだ。

エイダは部屋の外から、そっと聞き耳を立てた。

「貴族の女性が一人で飛び出すなんて、危険すぎる！　なぜわからないんだ⁉」

ユリウスの顔に混じっているのは、純粋な焦《あせ》りと不安だった。

「ではなぜ、聖女様を連れてこの家に戻ってきたのですか？　あなたが浮気相手を連れて家に現れ、離縁を申し出るなど、メリーアン様にどれだけ負担がかかるか、少し考えればわかることでしょう」

「それは……。でも、直接話し合わないといけないと思ったんだ」

「他に方法はいくらでもありました。メリーアン様のショックを、少しでも和らげる方法が。まあそもそもの話、あなたが浮気さえしなければ、こんなことにはなりませんでしたがね」

「……っ！」

マルトーの言う通りだ。

愛おしそうに腹を撫でる浮気相手を連れてきて婚約解消して欲しいと言うなど、悪意があるとしか思えない。しかしユリウスに悪意はないのだから、これがまた厄介だった。

ユリウスは真っ直ぐな性格だ。隠し事をよしとしない。

が、少々頭が足りないところがあった。

それをメリーアンが補うという形だったから、今までこの伯爵家は存続していたのだ。

「メリーアン様にあんな心労をかけておいて、今更追いかけてどうすると言うのですか」

「ことが落ち着くまでは、伯爵家で暮らせばいいじゃないか！　女性が一人で歩き回ることがどんなに危険か、メリーアンだってよくわかっているはずなのに」

「それでもなおこの家を出たということは、メリーアン様にとってそれほど、あなたとララ様のことはショックだったんですよ」

子どもに言い聞かせるようなマルトーに、ユリウスはぐ、と言葉を詰まらせた。

マルトーは先代からクロムウェル伯爵領に仕える老年の執事だ。

今回の件では誰よりも落ち着いていたが、その顔に悲しみと疲労がうかがえることは確かだった。

マルトーにとって、メリーアンは孫娘も同然の存在だったのだから。

「しかし、メリーアン様は正しいことをしたと、私めは思っております」

「え？」

「……領内でメリーアン様のことを尋ねる、不審な人物がいたとの情報が騎士団から上がりました」

「それは一体……」

マルトーは理解していた。

白銀の大地を持つユリウスとララの婚姻が、どれほど重要な意味を持つのか。

だからこそ、邪魔者はさっさと排除される可能性がある。

しかしユリウスはそれを理解していないようだった。

「メリーアン様は今、危険な立場に置かれています」

「……」

「……取り返しのつかないことなどないと、諦《あきら》めない限り希望はあるのだと、私はユリウス様とメリーアン様にお伝えしてきました。しかし、こうなってしまった以上、もう後戻りはできませんな」

マルトーの声に混じっていたのは、明らかな失望だった。

いつも穏やかなマルトーでも、今回ばかりはユリウスを庇《かば》うことなどできないようだった。ユリウスは、それだけのことをしでかしたのだ。

「……自分がどれほどひどいことをしているのか、わかっている」

「いいえ、ちっともわかっていません」

「……」

マルトーははっきりと言い切った。

「あなたは、メリーアン様の命を脅かすことをしてしまったのですよ」

そうしてマルトーは、訥々《とつとつ》と現状を説明した。

ユリウスの顔は次第に青くなっていく。

「騎士たちの報告の意味がわかったでしょう。誰が、とまではわかりませんが。国王派の何者かが、すでに動き始めています。ユリウス様にできることは、さっさと書類を提出し、メリーアン様と離縁されることだけです」

さもなければ、とマルトーは言う。

「メリーアン様が亡き者にされるのも時間の問題でしょう」

「……っ」

ユリウスは勢いよくマルトーを見た。

マルトーはため息をつく。

「屋敷の方は、メリーアン様の指示書があればしばらくは大丈夫でしょう。ですが、何もわからないような方に、ここの管理を長く任せるのは、非常に難しいでしょうな……」

マルトーの呟くような声を最後に、二人の会話は途切れてしまった。

ふとエイダが窓の外に視線をやると、雨足は先ほどよりも強くなっていた。

しばらくは雨が続くらしい。

聖女ララを讃える祭も、そろそろ終わりを迎えそうだ。

＊

数日後。

エイダはララに呼びつけられて、主寝室を訪れていた。

「ねえ、どうして言うことを聞いてくれないの？　私はここで、お茶会がしたいと言っているだけなのよ？」

「ですから何度も申し上げている通り、指示をしてください。予算を作成し、誰を招待するのかを決め、招待状を送って、お茶会の内容を考えてください」

「それは、召使いの仕事でしょう？　王宮では私がしたいと言えば、みんな私のためにすぐ動いてくれたわ」

（だから、ここは王宮ではないと何度言えば……）

エイダは話の通じないララに、とうとう苦虫を噛み潰《つぶ》したような顔を向けてしまった。

「……私どもは、奥様の指示がなければ勝手に動くことはできないのです。それが金銭に関《かか》わってくることなら、尚更」

侍女たちにだって、それぞれ自分の仕事がある。

お茶会のセッティングは、女主人の役割だ。

招待状の書き方や誰がどんな好みをしているのか、席順をどうすればいいのか、全て知っているのは貴族社会に詳しい女主人なのだから。

「聖女様にそれができないのなら、屋敷の管理ができる方を雇ってください。ここにいる者たちは、全てメリーアン様が直接お雇いになった、孤児や雇用を失っていた者たちがほとんどなのです。王宮の侍女と違い、聖女様を納得させられるような学は持ち合わせておりません」

嫌味でもなんでもない。これは本当のことだ。

ミアズマランドだったこの土地では、毎年多くの領民たちが亡くなった。

両親を病気で失った子ども。夫を魔物に食い殺された妻。

そういう者たちに直接支援金や雇用の機会を与えるのが、クロムウェル領の習わしだ。先代も、もちろんメリーアンやユリウスだってそうしてきた。

だからこの屋敷に住み込みで働く人々は、貴族社会に少しも触れたことのない領民が多い。

「ひどいわ」

「……何がです？」

「あなたも、メリーアンさんに命じられて、私に意地悪しているんでしょう？　私がユリウスの子どもを妊娠したから」

エイダはポカンとしてしまった。

全く話が通じなくて、ズキズキと頭が痛くなる。

「私はあなた方を救った聖女なのに、どうしてこんなひどい扱いを受けないといけないのかしら……」

そう言って、ハラハラと涙を流す。

もちろんこの国を救ってくれたことは、感謝してもしきれない。

でもそれとこれとは別問題だ。この国を救ってくれたからといって、エイダにキャパシティを超える働きを強制する権利など、ララにはない。

（ひどいのはどっちよ。あなたのせいでメリーアン様は、メリーアン様は……！）

数日前の、マルトーとユリウスの会話を思い出す。

メリーアンに命の危険が迫っていると聞いて、エイダは眠れない日々を送っていた。

揉《も》めている声が聞こえたのだろうか。

ララが王宮から連れてきたという侍女のローザが、目を釣り上げて部屋に入ってきた。

「全く、使えない使用人だこと！　こんなの、王宮ではすぐに準備させましたよ！」

「……では、あなたがやってください」

「な！　わ、私は……！」

そう言い返すと、ローザは真っ赤《か》になって口籠《くちご》もった。

（知っているわ。あなただって貴族じゃないってこと）

メリーアンの出自を散々馬鹿にしていたが、自分は貴族ですらないのだ。

別に貴族だからと言って、その身が平民よりも尊いわけではない。

命は皆平等だ。それでも人が貴族を敬うのは、責任を持って、領地を治めてくれるからだ。

（聖女様はともかく、あなたのような人を立てるギリなんか、これっぽっちもないからね）

ふん、とエイダは鼻を鳴らす。

ローザは顔を歪めて、ララに言った。

「クビにしてしまいましょう、こんな無礼者」

「そうね……。意地悪をする人は、好きではないわ？」

そう言って、ララは困った子どもでも見るような顔をして、首を横にことんと倒す。

（好きにすればいいわ。私がお仕えしているのは、メリーアン様とユリウス様お二人の『クロムウェル家』だったのだから）

そこにメリーアンがいないのなら、もういい。

エイダは一礼すると、さっさと部屋を去った。

気づけば、涙がじわりと浮かんでいた。

（メリーアン様は、いつも自分は女主人なんて向いていないのよって笑っていたけど……そんなことないわ。あなたほどこの屋敷に相応《ふさわ》しい人はいない）

確かにメリーアンは、物語の主人公、というには少し地味かもしれない。

けれど何よりも、彼女は一生懸命だった。

死にゆく領民たちのために流したあの悔し涙を、忘れることはできない。

（それに、あの根気強さには誰も敵《かな》わないわ）

この厳しい土地に住むクロムウェル領民の根性たるや、どの地域の者たちにも敵わないだろう。

そしてメリーアンは、そんな領民たちと同じように、しっかりとその気質を受け継いでいた。

（メリーアン様、どうかご無事で）

エイダは流れる涙を拭って、前を見据えた。

＊

――主寝室。

「あの無礼な侍女には、新しい働き口を紹介してあげましょう」

ベッドで休むララの隣で、ローザが意地悪そうに微笑んでいた。

「この部屋を使ってください。お疲れでしょうから、しばらくお休みになられると良いでしょう」

「ありがとうございます」

（な、情けない……）

メリーアンはがっくりと肩を落とした。

馬車を逃した後。

結局、一文なしになったメリーアンは、オリエスタの街を彷徨《さまよ》い歩いて、クロノアの神殿を発見した。神殿は旅人に施しを与えてくれる。結局、メリーアンはしばらく神殿にお世話になることにしたのだった。明らかに面倒な事情持ちだろうというメリーアンを、ハイプリーストは何も聞かず、優しく迎え入れてくれた。

部屋に案内してくれた修練生に、メリーアンは聞いてみる。

「あのー、失礼ですけれど」

「はい？」

「魔法史博物館の展示物が、その、夜になると動き出すとかって、聞いたことありません？」

そう言うと、癖《くせ》っ毛の少女は、にっこりと微笑んだ。

「素敵ですね。子どもの頃、よくそんな想像をしました」

「あ、あはは……」

（変な人って思われちゃったかしら……）

修練生は微笑むと、メリーアンの手を握る。

するとメリーアンの体に、じんわりと温《ぬく》もりが宿った。

疲労がとれ、まるでお風呂《ふろ》に入った後のように、体がぽかぽかする。

「顔色が良くありませんね。ゆっくりお休みになってください」

「どうもありがとう」

修練生は法典読経のため、頭を下げて部屋から出て行く。

幸いなことに、今神殿を必要としている女性は、メリーアンしかいないようだ。静かな客室のベッドで、メリーアンは一人横になった。

（ひとまずごはんと宿に困ることはなさそうね）

もちろん無料で寝泊まりし、食事を貪《むさぼ》るとはいかない。

労働で返すのだ。

料理か、掃除か、縫い物か。それとも力仕事か。とにかく神に施しを与えられた分は、何かしらで返さなければいけない。

（あまりにも無鉄砲すぎたわよね。ここまで何事もなく来られたのは、奇跡に近いのかも）

けれどメリーアンは、出奔《しゅっぽん》したことを不思議と後悔していなかった。

あの二人が並んでいるところを見るくらいなら、どんな危険があっても屋敷を飛び出した方がマシだ。

幸か不幸か、博物館で色々あったおかげで現実を直視せずに済んだ。

(はあ。これからどうしようかしら)

もうクロムウェル領には戻れない。

お金もない。

いっそクロノアで修行して、プリースティスにでもなるか？

……こんな煩悩まみれの女、きっと神が受け付けないだろうなと、少し笑ってしまう。

「ふわぁ。なんだか眠い……」

体がぐったりと重くなっていた。

疲れが出てしまったのだろう。

硬くて寝慣れないベッドだったけれど、メリーアンはすぐに眠りの底に落ちてしまった。

＊

幼い頃の夢を見た。

「お母様。なんの本を読んでいるの？」

「これ？　ふふ、妖精《ようせい》の本よ。メリーアンにはまだ早いかもね」

小さな頃、よくメリーアンの母エマは、窓辺のロッキングチェアで美しい挿絵の入った本を読んでいた。

「お母様は妖精の研究家だもんね。ねえ、どうしてそんなに妖精が好きなの？」

「……気づいたら、ずっと好きだったの。妖精たちのことを考えると、どうしてかとても懐かしくなる。ノスタルジーを感じるのよ」

「懐かしい？　会ったこともないのに？」

そう言うと、エマは微笑んだ。

「人と妖精はつい二百年前まで共存していたでしょう。人と妖精は切っても切り離せない関係。人は妖精という存在とともに進化してきた。だからきっと、魂にも妖精の存在が刻みつけられているのね」

「ふぅん？　会ったこともないのに、知り合いみたいに感じるってこと？」

「そうそう」

エマはメリーアンの頭を撫《な》でた。

「いつかまた、妖精と暮らしてみたい。その昔にあったたくさんの魔法を見てみたい。〝黄金の時代〟を感じてみたいの」

目を瞑《つむ》ったエマの長い髪が、午後の優しい風に揺れた。

「争いもない、ミアズマもない、魔法に満ち溢《あふ》れた世界。ロマンチックよね」

そう言って照れたように微笑む。

「このブローチはね、大学で妖精研究に夢中になっていた私に、お父様が最初にくれたものなの。いつも私と妖精が一緒にいられるようにって」

「ああ、だからそんなに大切にしているのね！」

「ええ。このブローチをもらってから、見えなくても、感じなくても、妖精はすぐそばにいる。そんな気がするの」

「妖精がまだいる？」

エマが頷《うなず》いた。

「もしもメリーアンが妖精を見かけたら、私にも教えてね。妖精に会うのが、私の夢なのよ」

「うんっ！　約束！」

そう言って小指を絡《から》めた日のことを、メリーアンはずっと覚えている。

＊

メリーアンは高熱を出して三日ほど寝込んでしまった。

緊張の糸が切れてしまったのかもしれない。

プリーストの治療がなければ、もっとひどくなっていたことは確実だっただろう。

「いい天気……」

ようやく熱が引いたメリーアンは、神殿の窓から街を眺めていた。

神殿は見晴らしのいい丘の上に立っている。

クロノア——〝時とアルストロメリアのクロノア〟は、その名の通り、時間の神だ。神殿の周りには、季節でもないのにアルストロメリアが咲き誇っていた。きっとクロノアの加護を得て、時間が停止しているのだろう。

メリーアンももちろん神の信徒ではあるが、神殿はその中でも特に、この神に仕えると決めた人々が共同生活を送る場所だ。彼らの持つ強い信仰心は神の奇跡を起こす。クロノアの神に仕える人々は、一定の信仰に達すると、時を停止させたり、巻き戻したりするような、神聖術が使えるようになるのだという。

「ずっとここにいると、なんだかいろんなことを思い出すわね」

じっとしているからだろうか。神殿に来てからというもの、昔のことをよく思い出す。そしてもちろん、ユリウスとララのことも考えてしまう。

「外に出れば、少しはこの憂鬱《ゆううつ》さも晴れるかしら」

いっそ動き回っていれば、嫌なことも考えずに済むのではないか。

そう思ったメリーアンは、少し出かけてみることにした。

(服が盗まれなかったことだけが幸いだわ)

多少いい生地ではあるものの、町娘と大差ない服だ。これであれば、誰《だれ》もメリーアンが貴族などとは思わないだろう。

念のため、シンプルな帽子を被《かぶ》り、顔が見えないようにした。

あの博物館の警備員に出くわしたら、最悪だからだ。

思った通り、外に出ると少し気分が浮上した。

単純な自分に、メリーアンは少し笑ってしまう。

(クロムウェル領民の根性たるや、ってね)

アルストロメリアの匂《にお》いを胸いっぱいに嗅いで、メリーアンは街へ向かって歩き出した。

＊

オリエスタの特色は、やはり学生が多いことだろう。

あちらこちらで学生たちが肩を並べて歩いていた。教科書とにらめっこしながら歩く女学生や、何やら意見の食い違いで喧嘩《けんか》する男子学生たちもいる。

王都から離れていないこともあり、比較的穏やかで治安もいい街だ。

実際、メリーアンが一人で歩いていても、特に何もなかった。

（ちょっと視線を感じるような気がするのだけど……やっぱり馴染《なじ》めてなかったのかしら？）

メリーアンは帽子を深く被って、できるだけ下を向いて、顔が見えないようにした。

それでも、新しい景色に興味を惹《ひ》かれて、結局あちらこちらを見回してしまう。

そんなメリーアンを、男子学生たちが頰《ほお》を赤くして見つめているのだった。

＊

メリーアンが最も興味を惹かれたのは、大学だった。

歴史の研究で有名な学校らしく、老若男女様々な人々が趣のある美しい建物に出入りしていた。

中は誰でも自由に行き来でき、学生向けに商売をしている人たちも出入りしているので、非常に賑《にぎ》やかだ。

授業は学生しか出られないが、図書館の利用は誰でも可能らしい。

（あのイカれた博物館のことも、もしかしたら調べれば何かわかるのかしら？）

正直なところ、今となってはあれは夢だったのではないかと、メリーアンは思っていた。

（ちょうどいいわ。図書館にも興味あるし、少し見てみましょう）

メリーアンは図書館で、あの博物館について調べてみることにした。

＊

「素敵……」

天井《てんじょう》近くまで伸びる書架が大量に並ぶ図書館に、メリーアンはうっとりとため息をついた。

古い紙の匂いを嗅いで、学生の頃を思い出す。

（ユリウスのレポート、何度も代わりに書いてあげたっけ）

メリーアンは本が大好きだったが、ユリウスは大の苦手だった。

だから調べ物が必要なレポートは、ユリウスの代わりに書いてあげたことが何度もある。

それにしてもものすごい蔵書数だ。

本好きなら、ここは天国かもしれない。

しばらく雰囲気を堪能したメリーアンは、受付に寄った。

「魔法史博物館に関する書物を探しているんですけど、そういうのはありますか？」

そう尋ねると、司書は怪訝《けげん》な顔をした。

「一番詳しい蔵書は、博物館内の資料室にあるかと思いますよ。資料室の利用は無料ですから、そちらで探すのはどうでしょう？」

「あー……その、どうしてもここで見たくて」

（もう二度とあんなところ行きたくないもの……）

司書はキョトンとした顔をしていたが、肩をすくめると、本の在処《ありか》を教えてくれた。どうやら妖精学の本と同じ場所にあるらしい。

メリーアンは礼を言うと、早速魔法史博物館について調べ始めた。

けれどしばらく調べて、メリーアンはため息をついてしまった。

「やっぱり夢を見ていた説が濃厚だわね……」

やはり展示物が動くなんて馬鹿《ばか》な情報はどこにも書いていなかったのだ。

「……？」

博物館について考え込んでいたメリーアンは、すぐそばに学生たちが集まっていることに気づいた。

講師らしい女性が何やら学生たちに語り聞かせている。

どうやら授業の一環で、図書館を使用するらしい。

そんな中、女学生のヒソヒソとした声がメリーアンの元まで届いた。

「ねえ見て。あれ、キャンベル准教授じゃない？」

「本当だ！　ねえ、なんかこっち見てない？」

女学生たちがそわそわし始める。

（何かしら？）

メリーアンは気になって、女学生たちの視線の先を追った。

そこには艶《つや》やかな黒い髪と、黒い瞳《ひとみ》をした落ち着いた雰囲気の男性がいた。なるほど、彼女らがそわそわする理由もわかる。遠目でもわかるくらいに、その男性の顔立ちは整っていたからだ。これじゃあ授業に集中できないわね、と苦笑を浮かべたところで、メリーアンはふと恐ろしいことに気づいた。

昨晩のことを思い出し、凍りついてしまう。

（ちょっと待って、あの人……）

――まさか。

メリーアンは冷や汗をダラダラと流した。

早く出ていきたいのに、足が動かない。

メリーアンの視線の先にいたのは、間違いない。

博物館で夜間警備をしていた、銀髪の男だ。髪色と瞳の色が全く違うが、あの鋭利な眼光には非常に覚えがあった。顔立ちもそっくりだ。どうしたことか、今日は警備員の制服ではなく、きっちりとした服を着ている。

男は満面の笑みを浮かべて、こちらに近づいてきた。

女学生たちがいっそう騒がしくなる。

「ねえ見て、私たちのところに来るわ！」

ところが、男は女学生を素通りしてこちらへやってきた。

メリーアンは後ずさったが、後ろは書架。

「君」

「……」

「君だ」

（ひいいいい！　やっぱりそうだ！　あの男だわ！）

逃げる間もなく、がっしりと腕を摑《つか》まれる。

「すみません、この子を少しお借りしても？」

「え？　あ、ああ……」

女性講師はたじろいだが、ふとメリーアンの顔を見て目を丸くした。

「あら？　どうもうちのゼミ生ではないようですわ」

「は、はは……」

（ああああ、どうしよう）

メリーアンはさらに冷や汗をかいた。

「少し話があるのですが、お時間よろしいでしょうか？」

にっこり（威圧）。

その凶暴な笑顔を見た瞬間、メリーアンは愛想笑いを浮かべたまま、逃げる意思を失ってしまったのだった。

＊

「単刀直入に言う。うちの博物館で働いてくれ」

先ほどまでの愛想のいい笑顔はなんだったのだろう。

昨日と同じ、ゴロツキのような態度で、目の前の男はメリーアンにそう言った。

(む、無理……)

冷や汗ダラダラのメリーアンは、首をすくめてソファで縮こまることしかできなかった。

——ついて来い。

蛇に睨《にら》まれた蛙のようになってしまって、結局メリーアンは大学の教員室だと思われる部屋についてきてしまった。

男は「エドワード・キャンベル」と名乗った。聞き覚えのない名だ。どこかで見たことがあるような気がしていたが、やはりメリーアンの勘違いだったのかもしれない。

(でもこの人、准教授って呼ばれてたわ。警備員だったり准教授だったり、一体何者なのかしら?)

メリーアンはそう思いながらも、男——エドワードから視線を外した。

「あの……ごめんなさい。私、なんの話だか、さっぱりで……」

ソファで小さくなりながら、できるだけ知らないふりをする。

「んなわけねーだろ。あんたはこの間の夜見たはずだ。動く展示物を」

「……」

「ちなみに気絶したあんたを介抱したのは俺《おれ》だぞ。二回もな。見覚えあるだろ、この銀髪」

エドワードはそう言って、シャツの中からペンダントを取り出した。紐《ひも》の先に通された黒い石に触れると、髪色が一瞬で銀色に変化する。瞳も元の紫色に戻っていた。やはり魔法で髪と瞳の色をいじっていたらしい。

「う、うぐぅ……」

そういえばそうだったと、メリーアンは息を詰まらせる。

メリーアンはエドワードの前で気を失ってしまったのだ。

言い逃れできないと悟ったメリーアンは、肩を落とした。ちらりとエドワードを見る。相変わらず綺麗《きれい》な顔をしているが、態度はゴロツキそのものだ。

「あの……あなた、一体なんなんですか……？」

「博物館の夜間警備員。あとはこの大学の職員でもある」

「そ、そうじゃなくて……」

メリーアンは昨日のことを思い出して、身震いした。

「あの博物館は……あなたの魔法で、動いているの？」

そう言うと、エドワードは肩をすくめた。

「とんでもない。俺はあんなことできねぇよ」

「じゃあれはなんだったの？　私、自分の頭がおかしくなったのかと思ったの」

そう言うと、エドワードは少し笑った。

「あれは、フェアリークイーンの魔法だ」

「……」

メリーアンが可哀想《かわいそう》なものを見るような目をしたので、エドワードはムッとしていた。コロコロとよく表情の変わる男だ。

「働いてくれるなら、詳しく話そう」

「嫌よ。だってあんな危険な仕事、命がいくつあっても足りないわ」

ドラゴンに踏み潰《つぶ》されそうになり、グリフォンには追いかけられ。

下手をすれば猛獣たちの餌になるところだった。

どんな事情があるかは知らないが、正直言って正気じゃない。

「だが、クイーンがあんたを認めた。あんたにはこの仕事の、素質がある」

「……」

「他の誰にもできない。あんたにしかできない仕事なんだ」

（私にしかできない仕事……？）

「あんた、訳ありの貴族なんだろ？　うちで働くなら、匿《かくま》ってやってもいいぞ」

「えっ？　な、なんで……」

メリーアンはギョッとしてしまった。

自分のどこに、貴族のように見える要素があったというのだろうか。

オロオロしていると、エドワードはため息をついた。

「いくら格好を変えたって、所作や雰囲気でわかるさ。それに俺はあんたを……」

「？」

「……よそう。ふわふわした会話じゃ何にもまとまんねぇ」

エドワードは頭をガシガシと掻《か》いた。

先ほど、図書館で見せた優雅な所作とは全く違う。

「試用期間はひと月。その間、日払いで七十万ダール支払う」

「な、七十万ダール⁉」

メリーアンは思わずごくりと唾を飲んだ。

平民が三ヶ月ほどは贅沢《ぜいたく》して暮らせる額だ。

しかも、日当で。

一文なしのメリーアンは、心が揺れてしまった。

「仕事内容は、オリエスタ魔法史博物館の夜間警備。展示物が外に逃げ出さないよう見張ってもらう。ひと月後、クイーンに管理人と認められれば、そのまま正式雇用だ」

メリーアンの顔はスナギツネのようになった。

（イカれた仕事だわ……）

でも、とメリーアンは考える。

（一日分だけでも賃金をもらえれば、この街から出られる）

メリーアンはごくりと唾を飲んだ。

夜の間展示物を見張るだけの、簡単な仕事だ。

こんなにいい条件の仕事は、他にないだろう。

（……命の危険さえなければ、ね）

＊

「うわぁああ！　本当に来てくれたんだっ！」

金髪のショートカットの少女が、嬉《うれ》しそうにぴょんぴょん飛び跳ねた。

「ドロシー、ダメですよ。メリーアンさん、引いてるじゃないですか」

プリースティスの少女、ミルテアがそれを諌める。

「でも、本当によかったね。妖精の展示室の管理人がいないと、何をやったってめちゃくちゃだからさ」

片眼鏡《めがね》を掛けた愛想のよさそうな青年は、トニという。

魔導書の展示室の管理人だ。

「……フン。こんな小娘に、妖精の展示室の管理ができるのか？」

目の下のクマがひどい少年は、呪術の展示室の管理人ネクター。

（小娘って……どう見ても私より年下じゃない……）

恐ろしいやら、腹が立つやらで、メリーアンは始まってもいないのにすっかり疲れてしまった。

（やっぱり来なければよかった……）

メリーアンはため息をついた。

結局、メリーアンは報酬に釣られて、夜間警備の仕事を引き受けてしまった。とにかくお金が必要だったし、何より動き回っていれば、ララとユリウスのことを忘れられるのではないかと思ったのだ。

「おう、メリーアン！　どうした、暗い顔をして！」

「うひゃあっ」

ドラゴンからメリーアンを救ってくれた、スキンヘッドの男――オルグに背中を叩《たた》かれ、メリーアンはよろめいた。その筋骨隆々な体を見て、いかに魔法生物の展示室の仕事が厳しいのか、感じ取ってしまう。

「おい、みんな聞け」

最後に現れたのは、エドワードだった。

夜間警備員の服を着たエドワードは、ゴロツキのような態度も口調も隠さない。どうやら准教授として大学に勤めている時は、猫を被っているようだ。

「妖精の展示室の管理ができるかどうか、メリーアンが試す。その間邪魔をされないように、俺たちは外から妖精の展示室を死守するんだ」

「はいはーい！　任せてー！」

ドロシーがぴょんぴょん飛び跳ねた。

「俺たちは大型獣の方にかかりきりになると思う。悪いがメリーアン、妖精の展示室は頼んだぞ」

オルグはそう言って頷いた。

「えっ！　私一人であの部屋に行くの？」

「大丈夫大丈夫、そういうもんだから」

ドロシーがひらひらと手を振る。

「妖精の展示室は、危険なものはそんなにないと思うので、ここにいるよりはマシだと思いますよ」

ミルテアがそう言って励ましてくれたが、「そんなに」の部分が非常に気になる。

「ほら、0時になるよ」

ドロシーがイタズラっぽく笑った。

そしてすぐに、エントランスの置き時計がゴーン、ゴーンと午前0時を知らせた。

「！」

その瞬間、ふわりと博物館が光る。

――展示物に命が宿り始めたのだ。

「さあ、仕事開始だ」

エドワードの言葉を皮切りに、皆はそれぞれの部屋へと歩き出した。

＊

メリーアンは一人、妖精の展示室に立っていた。

といっても、展示室はすでに、深い森の様相へと変化していた。

明らかに室内ではないほどの広さがある。

「キャハハッ！」

「きゃあっ」

さっきから小さな妖精たちがメリーアンの髪を引っ張ったり、スカートをめくろうとしたりとやりたい放題している。

「や、やだ！　あっちに行って……」

嫌がれば嫌がるほど、妖精たちは面白《おもしろ》がって、メリーアンに悪戯《いたずら》をするような気がした。メリーアンは半泣きで奥へと進む。

「うう、やっぱり引き受けるんじゃなかった。どこに素質なんかあるのよ」

そもそも妖精たちは、メリーアンの言うことを聞かない。

こんな状態でどうやってこの部屋を管理しろというのか。

（あら？）

森を適当に歩いていると、メリーアンはおかしなことに気づいた。

この間の草原が見つからないのだ。

適当に歩いていたせいで、道に迷ってしまったのだろう。

（しまった。道があるから歩いてきちゃったけど、逆だったわね）

引き返そうかと思ったが、道の先に湖畔があることに気づいた。

そしてそのそばに、男が一人、立っている。

「！」

（もしかして、あれは……）

メリーアンは森を抜けて、湖畔に出た。

そしてその男の元へと近づく。

青い髪に青い瞳をした、騎士のような姿をした男だった。

グローヴをはめた手を腰の剣に置いて、何やらぼんやりと考え事をしているようだ。

(この人が、エドワードの言っていた協力者?)

仕事を引き受けた時、この部屋を管理するためにはまず、最も人間に協力的な妖精に話しかけるべきだと教えられた。

メリーアンの仕事は、まずその協力者の信頼を得ることだ。

「あ、あのー」

「……」

勇気を出して話しかけてみる。

(確か、暗黒戦争の時、人間に力を貸してくれたっていう、騎士、よね……?)

——妖精騎士フェーブル。

その名の通り、妖精でありながら騎士道を歩む、正義と忠誠の妖精だ。

水の魔法を得意としており、彼はいくつもの水魔法を生み出した。

また人間にとても友好的な妖精であり、その昔、この大陸に大量の魔物が生まれた際に、人間と協力して戦ってくれたのだ。

一騎当千の力は、多くの人間と妖精を救った。この大陸の人々なら誰もが幼い頃に聞く、妖精伝説の一つだろう。メリーアンは妖精学に詳しいわけではないが、それでもフェーブルのことは知っていた。

この博物館でもフェーブルの人形は人気で、たまに頬を染めた女の子がじっと眺めていたりするのが微笑ましかった。

「す、すみません、えと、フェーブル、さん？」

そう声をかけると、やっとフェーブルはメリーアンの方を向いた。

メリーアンは息を呑《の》んだ。

フェアリークイーンと同じように、浮世離れした美しい顔。

ガラス玉のように透き通ったその青い瞳に、メリーアンは吸い込まれそうになった。

「……あなたが次の管理人か？」

フェーブルはのんびりとした口調で言った。

低くて心地いい声だ。

惚《ほう》けていたメリーアンははっと我に返る。

「えっ？　あ……」

自分から協力を求めたというのに、メリーアンはその問いに曖昧に答えることしかできなかった。

（私、だって、こんなに恐ろしい博物館で働く気はないし……）

あわあわしていると、フェーブルはじっとメリーアンを見つめた後、頷いた。

「……なるほど」

フェーブルの青い瞳はメリーアンの心を見透かしているようで、メリーアンは恐ろしくなってしまった。

「マグノリアからこれを預かっている」

「……え？」

フェーブルの右手がふわりと輝き、次の瞬間にはその手に一冊の本が載っていた。

フェーブルは本をメリーアンに差し出す。メリーアンはそれを受け取った。紐で綴《と》じられたその本には、〝妖精の展示室管理マニュアル〟と書かれている。

（これって……）

束の間、メリーアンは喜んだ。

この本を読めば、この恐ろしい展示室の謎《なぞ》がわかるかもしれない。

表紙には、丸っこくて柔らかな文字でこう書いてある。


〝敬意を忘れずに〟


（……？　どういう意味なんだろう。これ、マグノリアというおばあさんが書いたのかしら）

マグノリアは、メリーアンの前に管理人を務めていた人物だ。

かなりの高齢だったという。

メリーアンはパラパラとマグノリアの手記をめくってみた。

「何、これ？」

メリーアンはがっかりしてしまった。

そこにメリーアンの求めていたものは、何一つなかったからだ。

〝美味しいアップルパイの作り方〟

〝うさぎの好きなホットチョコレート〟

〝仲直りのパウンドケーキ〟

……などなど。

どのページをめくっても、展示室の管理に全く関係のないことが延々と続いていた。

お菓子のレシピ集、と言った方が正しいかもしれない。

とてもじゃないが、管理マニュアルとは思えなかった。

(そういえば、ちょっとボケ気味だって言ってたっけ)

メリーアンは思わずため息をついた。

パラパラめくっていると、ふとフェーブルの視線に気づいた。

顔を上げれば、フェーブルは沈んだ声で言った。

「別れほど辛《つら》いものはないな。何度経験しても、胸が引き裂かれそうになる」

「え?」

「私はもう、数百年も生きているから、悲しみを受け入れる方法も知っている」

「……」

(悲しみを受け入れる方法……)

フェーブルは自分の話をしているのだろう。

けれどメリーアンは、ユリウスの話をしているのかと錯覚して、一瞬ドギマギとしてしまった。

それ以降、フェーブルは何も話さず、じっと湖面を見つめていた。

その横顔があまりにも悲しそうで、メリーアンは何も言えなくなってしまう。他人の悲しそうな顔を見るのは苦手だ。メリーアンも同じように悲しくなってしまうから。

今日はクイーンが現れる様子もない。

妖精たちは話を聞いてくれないし、フェーブルもぼやっとしたまま。

でも、マグノリアと呼ばれるおばあさんは、この展示室をしっかり管理していたという。

メリーアンはマニュアル本に視線を落とした。


（……）


……悲しみを受け入れる方法って、なんなのだろう。

それをフェーブルに尋ねたかった。

けれど彼はぼんやりと湖面を眺めたまま、今日は何も答えてくれそうにない。

どうすればフェーブルは私と話してくれるのだろう。

なぜ妖精たちは、いつもあんなふうに暴《あば》れ回っているの？

そもそも妖精とは、一体何者なの？

マグノリアは、どうやってこの展示室を管理していたのだろう。

――ちょっと、気になるわね。

メリーアンの中で、むくむくと好奇心が湧《わ》き上がってきた。

＊

結局、初日はマグノリアのマニュアルを手に入れただけで終わってしまった。

いや、正確にいえば、展示室を出た瞬間にブルードラゴンに食われかけたか。

「お疲れ様。怪我《けが》はないな？」

勤務前と打って変わって、エドワードは優しくメリーアンにそう聞いた。

メリーアンは、力なく頷く。

「ごめんなさい。何もできなかったわ」

「怪我がないなら十分だ」

朝になると、一気に疲労がやってきた。

夜は魔法の力で元気になっているのだという。

「その本は？」

「フェーブルからもらったの。でも何も役立つことは書いてなかったわ」

眠い目を擦《こす》って、ため息をつく。

「お疲れー！」

「メリーアンさん、大丈夫ですか？　もし怪我がありましたら、治療しますので言ってくださいね」

ドロシーとミルテアは若干の疲労が見えるが、それでも元気いっぱいという感じだった。この仕事に慣れているのだろう。

そういえば他のメンバーはどこに行ったのかとキョロキョロしていると、トニとネクターはドラゴンに吹っ飛ばされて気絶中らしい。それをオルグが看病しているとのことだった。

「……どうもありがとう。大丈夫よ」

とにかくベッドに潜り込みたい気分だ。

メリーアンは大欠伸《あくび》をして、朝日の昇る帰路についたのだった。

＊

その日は泥のように眠って、目が覚めたらお昼を少し過ぎていた。

ぐっすり眠ったおかげか、頭はすっきりしている。

「ふあ……」

欠伸をしながら遅い午餐《ごさん》をとりに食堂へ向かうと、どこかで見かけたような少女が、椅子《いす》に座ってパンをかじっていた。

（ん？　あれって……）

見間違いかと思い、目をゴシゴシと擦る。

（そ、そうだわ。プリースティスなんだもの。在家なんかじゃないかぎり、神殿で修行しているはずよね……）

食堂でポツンと一人座っていた少女は、博物館の夜間警備員の一人、ミルテアだった。メリーアンに気づいたのか、眠そうな目をパシパシさせてにっこり微笑む。

「おはようございます」

「……おはよう」

＊

この時間だと、もう食堂の昼食は片付けられている。

直接厨房に残り物を貰《もら》いに行くらしい。

ミルテアに教えてもらって、メリーアンは厨房に残り物を取りに行った。

戻ってきたメリーアンのトレイに載っていたのは、豆のパンとチーズ、くず野菜と鶏肉を煮込んだスープにミルクだった。

「質素なものしかありませんが、大丈夫ですか？」

ミルテアは気遣わしそうな顔をした。

「え？　全然大丈夫よ。こういうものしか食べてこなかったし」

そう言うと、ミルテアは意外そうな顔をする。

「そうだったんですか？　メリーアンさんはてっきり、貴族の方だったのかと思ったんですけど……」

やはりミルテアも、メリーアンが貴族の娘だとわかっていたらしい。

どこにそんな様子が見受けられるのかとメリーアンは疑問に思ったが、首を横に振って苦笑した。

「うちはとても貧乏だったから」

来客がある時以外は、基本的には神殿暮らしのような食事をしていた。

飢えた領民たちに少しでも食べ物が行き渡るようにと各コストを削減していった結果だった。食費を削るところまで行くと、いよいよ限界が近いのだなと思ったものだ。

「気にならないのならよかったです。ここにいらっしゃる方は食事が合わなくて出ていく方も多いですからね」

「……贅沢ね。パンとチーズがあれば十分だわ」

そう言いつつ、ふとララは大丈夫なのかと気になってしまった。

彼女は王宮でかなりいい暮らしをしていたようだから、クロムウェル領の質素な食事は口に合わないかもしれない。

そんなことを考えていると、ミルテアはにっこりと笑った。

「実はこの神殿にいらっしゃった時からお声をかけようかと思っていたのですが……疲れているようでしたので、やめておきました」

「そ、そうだったのね」

ここに来た時のメリーアンは、今よりももっとげっそりしていたはずだ。

それを思い出すと少し恥ずかしくなってしまった。

「もう体調は大丈夫そうですか？」

「……ええ、ありがとう。治療してもらったおかげで、すっかり良くなったわ」

「それならよかったです！　元気が一番ですからね！」

ミルテアはうんうんと頷いた。

夜間警備員たちは恐ろしい人々だと勝手に思っていたが、目の前でニコニコしている少女は、全くそんなことはないようだった。少し肩の力が抜ける。

「昨日の妖精の展示室の様子はどうでした？」

「……フェーブルという妖精に会ったけど……大きな進展はなかったわ。彼、なんだかとても落ち込んでいたみたい」

メリーアンがそう言うと、ミルテアは頷いた。

「フェーブルさん、すっごくマグノリアさんのことが大好きでしたからね」

「フェーブルと話したことがあるの？」

「ええ。今は管理人がいませんから、媒介になる人もいなくて話せませんが、いつも面白い話を聞かせてくれましたよ。仲良しです」

メリーアンは素直に驚いた。

（やっぱりマグノリアが生きていた頃は、フェーブルはちゃんと話してくれたんだ）

「マグノリアさんは、いつもバスケットにお菓子を入れて、私が落ち込んだ時も励ましてくれました。優しいマグノリアさんとフェーブルさんは、気が合ったんでしょうね」

ミルテアはため息をつく。

「マロウブルーも、フェーブルさんさえいれば、落ち着いてくれると思うんですけど……」

「マロウブルー？」

「あのドラゴンの名前です。本当は、とってもいい子なんですよ」

メリーアンは顔をしかめてしまった。

「えっ本当に？」

「ええ……ちょっと甘噛《か》みで頭を噛みちぎろうとしたり、嬉しさのあまり尻尾《しっぽ》を振り回して博物館を破壊したりするのが玉に瑕《きず》ですけど……」

ミルテアは死んだ目で遠くを見ていた。

（苦手なのね）

メリーアンは頰を引き攣《つ》らせる。

「……フェーブルは悲しいって言ってた。それはマグノリアがいなくなったからなのかしら」

「ええ、そうだと思います。フェーブルさんはとても人間に友好的な妖精ですから、長い間ずっと一緒だったマグノリアさんを失って、悲しいのでしょう」

「妖精は……人間とは違う生き物だと思っていたわ。でも意外に、同じようなものなのね」

メリーアンは勝手に、伝説に聞く妖精たちを神様や精霊に近い、人とは交わらないものだと思っていた。でもどうやらそれは違うようだ。

ミルテアは頷いた。

「そうですね。確かに妖精たちは浮世離れしたもの、私たちの理解の範疇《はんちゅう》にはいないものもいれば、人間と同じような心を持つものもいるでしょう」

ミルテアはさらに続けた。

「他の展示物も同じです。だからこそ、私たちはその一つ一つに敬意を持って接するんです。お互いに理解し合えるように」

（敬意……）

メリーアンはマグノリアの手記の表紙を思い出した。

〝敬意を忘れずに〟

(私は……どうだったかしら?)

敬意を払ってあの妖精たちに接していたか。

メリーアンがぼうっとしていると、ミルテアが拳《こぶし》を握って力説した。

「クイーンが選んだ人には、みんな素質があります。メリーアンさんなら、きっと大丈夫だと思います!」

ミルテアに励まされ、メリーアンは少し元気が出た。

「……ありがとう」

「今日も頑張りましょうね!」

今日も、か。

(本当は一日で辞めるつもりだった……けど)

色々と気になることがある。

「? メリーアンさん、どうかしました?」

「いえ……フェーブルは、悲しみを乗り越える方法があると言っていたの。それが少し気になって」

そう言うと、ミルテアは目を瞬《しばた》いた後、眉《まゆ》を寄せて微笑んだ。

「ここに来る人たちの目的は、多くがそれです。たくさんの人たちが、その答えを探していますよ」

メリーアンは神殿で祈りを捧げる人々を思い浮かべた。

きっとメリーアンだけじゃない。

愛する人との別れ。死への恐怖。大切なものの喪失。

多くの人々が、悲しみを乗り越える方法を探している。

（その答えの一つをフェーブルが知っているのなら、私は彼にもう一度会って、その答えを聞いてみたい）

今晩ももう一度、彼に会いに行こう。

メリーアンはそう決意した。

＊

「すみません、少ししか時間が取れないのですが、わからないことがあったらなんでも聞いてくださいね」

メリーアンは博物館の資料室で、研究員の一人と向き合っていた。

妖精について調べたかったのだが、結局何から調べればいいかわからなくて、大学の図書館をブラブラしていたら、エドワードがいい研究員がいると紹介してくれたのだ。

魔法史博物館は公立なので、学芸員と研究員の両方がいるらしい。

「夜の秘密については、僕とベティローズだけ知ってるんです。ベティローズっていうのは、あの受付の女性のことね」

目の前の男性――マイルズが、照れたようにそう言った。

バウムクーヘンのような受付で微笑む、美しい受付嬢を思い出す。

二人とも、幼い頃からこの博物館にずっと関《かか》わっているのだという。

（そういえば、いつも管理人は突然訪れるって、ベティローズが言ってたっけ……）

あの時はなんのことだかさっぱりわからなかったが、今ならなんとなくその意味がわかる。

「さて、まずは基本的なことを知りたいんだっけ？」

「はい」

調べるにしても、まずは妖精学の基礎的な部分から学び、同時並行でフェーブルに関しても調べることにした。

「妖精学はね、まずはざっくりと、どんな感じで時代が移り変わってきたのかを見た方がいいです。結末を知っておいた方が、細かいところまで理解がしやすいですからね」

そう言ってマイルズはメリーアンにもわかりやすいように、各時代の特色と有名な妖精の名を教えてくれた。メリーアンは調べる手がかりになりそうなものをメモしていく。

（一気に教えてくれる人がいて助かったわ）

自分でやれないこともないだろうが、熟知している人がいるおかげで、より早く知識を叩き込むことができそうだ。

「フェーブルについては、この書籍が一番代表的で、満遍なくいろんなことを書いていると思う」

マイルズはいくつかの書籍名を教えてくれた。

「調べ物をするなら、まず大学の図書館の方がいいかもしれない。博物館の資料室は専門的な書籍の方が多いんですよね」

そう言った後、マイルズははっとしたように時計を見た。

「ごめん、ワークショップの時間だ。僕はこれで……」

「どうもありがとう。本当に助かったわ」

とにかく一日目は、調べ物をする前段階の知識を詰め込むことで精いっぱいだった。

(こんなまどろっこしいことをしなくても、マイルズが管理人だったらよかっただろうに)

メリーアンは詰め込まなければならない知識の量に少々くらくらしながらも、そんなことを思った。

マイルズなら妖精のことをよく知っているから、彼らを窘《たしな》め、フェーブルの悲しみを癒《いや》すことができたはずだ。

(どうして私なんだろう……私なんかより、マイルズの方が、よほど詳しくて、熱心で、きっと立派にやり遂げてくれるだろうに)

どうして、ユリウスはララを選んだのだろう?

普通の貴族は、政略結婚なんか当たり前で、何も考えず自然に結婚するのに。

メリーアンは机に肘をついて、ため息をついた。

世の中、おかしなことばかりだ。

*

「こんばんは……いえ、こんにちは?　ここはずっと明るいものね」

メリーアンはその日の夜も、妖精の展示室を訪れた。

相変わらず妖精に悪戯されたりドラゴンに食われかけたりと散々だったが、少しずつ慣れてきてはいる。

「やあ、こんにちは。この星にも夜はあるよ。でも、君たちの星とは時間の流れがちがうみたいだ」

フェーブルはそう言って微笑んだ。

挨拶《あいさつ》をきちんとすれば、返してくれるらしい。

「あの、あなたに聞きたいことがあるの」

「聞きたいこと？」

「昨日言っていたでしょう？　悲しみを乗り越える方法を知っているって」

「ああ」

「それがとても気になって」

フェーブルはぼんやりと再び湖に視線を移した。

「……大きな悲しみに出会った時、人は最初、それを否認する」

「……」

「そしてなぜ自分なのかとその理不尽さに怒りを感じる。その理不尽な出来事をどうにか解決できないかと必死に交渉し、最後には諦《あきら》めて憂鬱な気分になる」

フェーブルはメリーアンを見て、微笑んだ。

「でも、それを抜けると、希望が湧いてくるよ」

(それって要するに……)

「時間の問題ってこと？」

「いいや。その中のどの段階に自分がいるかを知るだけで、少しは冷静になれるよ」

メリーアンは期待していたような答えではなくて、がっかりしてしまった。

でも当たり前だ。

簡単に悲しみを乗り越えられる方法なんて、この世にあるわけがない。

記憶を失わない限りは。

「私はもう、光が見えるんだ。もうすぐこの暗い道を抜けるだろう。希望の予感に胸が震えている」

「……」

「ところで君は、今どの段階にいるんだい？」

不意にフェーブルは、メリーアンの瞳を覗《のぞ》き込んだ。

メリーアンはビクッとして、一歩引き下がる。

「……私、は」

フェーブルは、メリーアンの中にある悲しみに気づいているようだった。

「私には、君が今とても混乱しているように見受けられる」

「……とても大変なことがあったの。多くのものを失ったわ」

「それは君にとってどれくらい大変なことなんだい？」

「……残りの人生が、余り物のように感じられるくらい、大変なことだったの」

メリーアンは自重気味に笑った。

「そんな悲しみでも、乗り越えられるの？」

フェーブルは笑わなかった。

大真面目《まじめ》な顔で頷く。

「ああ。乗り越えられるよ。歴史は、物語は、続いていくから。出来事はその中の一つでしかないのだ」

「……」

「君は、大丈夫」

そう言われた途端、自重気味に笑った頬に、あたたかい涙が伝った。

不意に涙が溢れてくる。

(あれ、私……)

婚約解消をしてからだって、一度も泣かなかったのに。

どうして今、こんなに涙が出るのだろう。

(こんな話、聞かなければよかった)

メリーアンは気づいてしまった。

涙が出なかったのも、この仕事も引き受けてしまったのも、全《すべ》てはあの現実を受け入れられていないからなのだと。

何も考えたくなかった。だって心が壊れてしまいそうだったから。

「泣いてもいいよ。この湖は、悲しみの涙でできている」

一心不乱に走ってここまでやってきたけれど、もう我慢の限界だ。

「っく、うぅ……」

なんで。どうして。

私がこんな目に。

他の貴族は、浮気《うわき》したって離婚する人なんて滅多にいなかったのに。

メリーアンは座り込むと、膝《ひざ》を抱えて泣いた。

昔からそうだ。泣く時は顔を見せない……。

＊

どれくらいそうしていただろうか。

泣き疲れて、メリーアンは地面に座り込み、ぼーっとしていた。

(この人、まだいたの)

メリーアンは驚いた。

フェーブルもメリーアンの隣に腰を下ろしていた。

(……人間みたい。困ってる)

フェーブルは乱れたメリーアンの髪を、指ですくって整えてくれた。

「困ったな。私は、これをしてはいけないのに」

「……?」

涙を流すと、心に蟠《わだかま》っていた苦しみが、溶けてなくなってしまったような気がした。気分がスッキリしている。

「受け入れられないなら、そのままにしておくといい。私はいつもそうしてきた」

誰かにそう言ってもらえることが、これほどまでに救われることなのか。

「……ありがとう」

メリーアンは心からの礼を言った。

＊

「よし。やるわよ、メリーアン！」

メリーアンは下ろしていた髪を一つに結ぶと、目の前に並んだ大量の資料に目を通し始めた。

（才能があるのかどうかなんて知らない。でも私、もっと妖精のことが知りたいの）

――その日の昼。

メリーアンは大学の図書館にいた。学生たちに紛れて妖精に関する資料を集めていたのだ。単純に、もっと妖精やフェーブルのことが知りたいと、そう思ったから。

（フェーブルは最も有名な妖精の一人だわ）

フェーブルは長い間活躍した騎士だから、資料は豊富にあったし、彼のことを調べていくうちに、自然と妖精たち全般に関することも頭に入っていった。

最も重要なのは、「妖精と語る　エヴァ・エレジア著」の次の一文ではないかと思う。エヴァ・エレジアは妖精の研究家だ。

〝妖精は皆、自己の唯一性を認識している〟

「自己の、唯一性……」

メリーアンがそうであるように、妖精たちもまた、自分が世界で一つということを認識しており、個を尊重しないものを嫌う。

特に小さな妖精たちは視認性の低さからひとまとめにされがちだが、一人一人に名があり、性格があり、自己意識がある。

また体は小さくとも、その身には膨大な魔法の力を宿すこともあり、個体によって魔法の特性が違う。

「つまり、人間と一緒ってことね」

他にも文献をあたってみたが、確かに同じようなことが書いてあった。

何よりも、マグノリアのマニュアルだ。

あんなふうに言うことを聞かないのは、メリーアンの礼儀が足りなかったせいかもしれない。

初めて会う時、どうするべきか？

「……まずは挨拶をして、自己紹介からすべき、よね」

突然やってきた余所者《よそ》が、あっちに行って、と叫んだり、何も言わずに自分たちの土地を踏み荒らすのは、礼儀の欠片《かけら》もない行為だ。

向こうからすれば、無礼者はメリーアンの方だったのだ。

ミルテアの言葉が頭によぎる。

――だからこそ、私たちはその一つ一つに敬意を持って接するんです。お互いに理解し合えるように。

彼らは誇りを持っていた。

それなら、メリーアンもそれに倣《なら》うべきだろう。

（私、自分のことばかりでいっぱいいっぱいになっちゃって雑な対応をしていたけれど。私の事情がなんであれ、他者に雑に当たっていい理由にはならない）

メリーアンは急に恥ずかしくなった。

（私、フェーブルに一度も名を名乗ってないし、握手もしていない……）

やってしまったとため息をつく。

（どうすれば仲良くなってくれるのかしら）

ペラペラと資料本を眺めていくうちに、妖精たちに共通していることを見つけた。

――妖精は甘いお菓子を好む。話を聞いてくれない妖精がいるなら、お菓子を手土産にしてみるといいだろう。

メリーアンも仲良くして欲しい人の元には、確かに手土産くらい、持っていくかもしれない。

（案外、これが答えかもしれないわ）

――マグノリアさんは、いつも甘いお菓子の入ったバスケットを持っていました。

ミルテアが言っていた言葉を思い出す。

（じゃあ……フェーブルはなんのお菓子が好きなんだろう？）

そう思ったのは単純に、仲良くなりたいのもあるが、フェーブルには話を聞いてくれたお礼をしたいと思ったからだ。

さらに資料を読み漁《あさ》ると、意外と簡単にフェーブルの好物は見つかった。

「フェーブルと仲直りのお菓子……」

フェーブルと仲の良かった人間に、ワンダという女性がいた。

二人はとても仲が良かったが、一度だけワンダは、フェーブルと交わした大切な約束を破ってしまい、フェーブルを失望させた（とワンダは思っていた）。

ワンダはフェーブルの好物であるリンゴのお菓子を手土産に持っていき謝罪すると、彼は笑って手を差し伸べたという。

「うーん」

惜しい。肝心なところが書いていない。

メリーアンは腕を組んで首を傾《かし》げた。

「リンゴのお菓子ね……」

ふと、メリーアンは持ってきていたマグノリアのマニュアルが目に入った。

一番大切なことを、マグノリアは表紙に書いた。

ではその次に大切なことは、どこに書くだろう？

「……」

（もしかして）

メリーアンはマグノリアの手記を引き寄せると、一番初めのページをめくった。

〝大切な人への手土産に　美味しいアップルパイの作り方〟

メリーアンの顔に、希望が広がった。

＊

やってしまったわ……。

メリーアンは項垂《うなだ》れながら、博物館へと続く道を歩いていた。

「はあ。私ってば、どうして自分が料理下手ってこと、忘れてたのかしら」

生地に蜂蜜を混ぜることが、美味しいアップルパイを作る秘訣《ひけつ》なのだとマグノリアの手記には書いてあった。

そして何とか、生地を上手に作るところまではできたのだが……。

「火加減を失敗しちゃったんじゃ、どうしようもないわよね」

アップルパイは半分黒焦《くろこ》げになってしまった。

持っていくのはよそうかとも思ったのだけど、まあ、食べられる部分もあるし……ということで、結局持ってきてしまった。

フェーブルを怒らせてしまったらどうしようと、今から少しドキドキしている。

仕事場に着くと、早速ドロシーたちが、メリーアンの荷物に気がついた。

「ふわぁ、いい匂いがする！　メリーアン、お菓子を焼いたの？」

「あー……ええ……ちょっとね」

メリーアンが愛想笑いしてバスケットを後ろに隠していると、背後でボソッとした声が聞こえてきた。

「これは……呪物か……？」

「わっ！　見ちゃだめ！」

ネクターがバスケットの蓋《ふた》を開けて中を見ていた。

メリーアンは慌ててバスケットを胸に抱く。

「お前……一体何を呪うつもりなんだ……？」

「ち、違うわ！　これは……あ、アップルパイよ。妖精たちにあげようと思って……」

ボソボソとメリーアンが説明していると、ミルテアがにっこり笑って言った。

「すごくいい匂いがします。メリーアンさんが一生懸命作ったなら、きっと大丈夫ですよ」

「……そう、なのかしら」

「うんうん！　手作りのお菓子なんて、絶対誰でも嬉しいよー！」

様々な感想があったが、メリーアンは少し自信を取り戻した。

大事なのは、お菓子の方ではない。

きっと、心だ。

（よし。クロムウェル領民の根性を見せるわ！）

メリーアンが気合を入れ直したところで、エドワードたちがやってきた。

今夜も不思議な博物館での仕事が始まる。

＊

メリーアンは妖精の展示室に立っていた。

今日もまた、妖精たちがメリーアンに悪戯をしてくる。

けれどメリーアンは落ち着いて、妖精たちが話を聞いてくれるのを待った。

「……？」

大人しいメリーアンに、次第に妖精たちは首を傾げ、悪戯をやめる。

メリーアンはにっこり微笑むと、妖精たちを見て言った。

「初めまして、みなさん」

「！」

妖精たちが顔を合わせる。

「今まで無礼なことをしてしまって、本当にごめんなさい。私の名前はメリーアンよ。ここの管理人……候補。許してくれるなら、みんなと仲良くなりたいの」

そう言うと、妖精たちは驚いたようにメリーアンを見る。

そのうちの一人が腰に手を当てて、揶揄《からか》うような声で言った。

「あーら、無知な管理人なんて、髪の毛をくるくるにされちゃうんだから！」

桃色の髪の妖精が、またメリーアンの髪に悪戯しようとした。

救護室で目覚めたあの夜、一番最初にメリーアンに悪戯をした妖精だ。

「どうも初めまして、リリーベリー」

「！」

「確かに私は無知よ。あなたが偉大なる魔導師コーディの靴にジャムを塗りたくった理由が、さっぱりわからないんだもの」

妖精――リリーベリーは、アメジストのように透き通った瞳を見開くと、驚いたようにメリーアンを見つめた。

「本を読んでも全然。あなたと彼は恋仲だと解釈していたのだけど。一体どういうことだったのかしら？」

大量の本を読んで、知識を詰め込んできた。

もっと妖精たちのことを知りたいと思ったから。

「……ええ、恋仲でしたとも。途中まではね！」

リリーベリーは怒ったように言った。

「でもあいつ、浮気しやがったのよ！　だから靴にジャムを塗りたくって、転ばせてやったの。しかもただのジャムじゃないわ。つるつる苺のジャムよ。靴にへばりついてなかなか取れないの！　あいつ、ひと月は転び続けてたわよ」

そう言って、リリーベリーはメリーアンを見た。

メリーアンはニヤッと笑う。

「最高ね」

「……ふふ、つるつる苺の話題を持ってくるなんて、悪くないセンスね！」

リリーベリーも嬉しそうに笑い返す。

メリーアンは次々とその場にいた妖精たちの名を呼んでいった。

「あなたはグリーンアップルね。あなたの素晴らしいガーデニングの知識は、今も王城で教本になっているわ」

「いつも悪戯を止めてくれていたのは、メロウシュガーよね？　あなたの描いた絵本は、子どもたちに大人気よ。私もあなたの絵本を読んで育ったの」

「ライトブリンガー！　あなたの話はどれも最高に面白いわ！　コメディアンの妖精なんて他に聞いたことがない！」

次々に名を呼んでいくメリーアンに、妖精たちの顔が輝いていく。

ある程度呼び終わったところで、頬を上気させたメリーアンは、ぺこっと頭を下げた。

「無知でごめんなさい。でも私、だからこそあなたたちのことを知りたいの。これからも、たくさん」

そう言うと、妖精たちは顔を見合わせて笑った。

「ふーん。悪くないわね！　面白そうだから、メリーと一緒にいてあげる！」

リリーベリーがメリーアンの肩にちょこんと座った。

どうやらメリーアンは、妖精たちの信頼を少し得ることに成功したようだ。

＊

意気揚々とフェーブルの元まで向かったメリーアンだが、途中でコゲコゲのアップルパイのこと

を思い出した。

（ああ、そうだったわ。これなのよ問題は……）

せっかくフェーブルの元までやってきたのに、気持ちが挫《くじ》けそうになる。

（でも、一番大事なことは、敬意よ）

マグノリアを信じよう。

メリーアンは一つ息をつくと、今日は草むらに座って湖を眺めるフェーブルに、声をかけた。

「こんにちは」

「……こんにちは」

「隣に座ってもいい？」

「どうぞ」

そう言われて、メリーアンはフェーブルの隣に腰を下ろした。

それから思い切ってフェーブルに話しかける。

「あの、これ、焼いたので、みんなで一緒に食べない？　その、焦《こ》げた部分もあるんだけど、取り除けば何とか……」

だんだん顔が真《ま》っ赤《か》になって、声が小さくなっていく。

「アップルパイなんだけど……一応……」

けれどフェーブルは、驚いたようにメリーアンを見ていた。

やがてその顔に、喜びが広がっていく。

「ありがとう。私は、甘いものが好きなのだ」

「ごめんなさい。あなたにお礼と謝罪をしたかったのに、私ってば、料理が下手で……」

「いいや？　ちっとも」

切り分けたアップルパイを頬張《ほおば》ると、フェーブルは本当に嬉しそうな顔をした。他の妖精たちにも、焦げていない部分を小さく切って渡す。

妖精たちはコゲコゲだー！　と笑っていたけれど、楽しそうだったので、メリーアンも少しずつ緊張がほぐれてきた。

フェーブルが食べ終わったところで、ぺこっと頭を下げる。

「あの……今まで挨拶もせず、名乗りもせずにいてごめんなさい。私の名前はメリーアンと言います。次の管理人……候補です」

メリーアンは正直に自分の気持ちを話した。

「正直まだ、試用期間だし、自分が本当にこの仕事につきたいのか、わからないの。でも妖精たちのことを知りたいという気持ちは本物よ」

そう言うと、フェーブルはすっと立ち上がった。

見上げるメリーアンに手を差し出す。

メリーアンはその手と顔を見比べて、恐る恐る手をとって立ち上がった。

「どうぞよろしく、メリーアン。私は昨日、困っていたのだ。泣いている君の名を呼んで、励ますことができなかったから」

「……フェーブル」

「君の気持ちはよくわかった。他に管理人の素養がある者がいたとしても、私はきっと、君を選ぶと思う。君は正直だ。そして私たちを想《おも》う、優しさもあるのだから」

そう言うと、フェーブルは湖に視線をやった。

「私は今、マグノリアを失った悲しみを受け入れたよ。そしてまた次の希望を見つけた」

それからメリーアンに視線を戻して微笑む。

「敬意には敬意を。君の焼いたアップルパイは、とても美味しかったよ。これからもどうか仲良くして欲しい」

「……ありがとう。こちらこそ」

嬉しくなって、メリーアンの顔に笑顔が溢れた。

こんなに嬉しいと思ったのは、いつぶりだろう？

「私の友人に、これを」

「？」

フェーブルはメリーアンの手のひらを空に向かせる。

そこに自らの手をかざすと、ふわりと青い輝きが生まれた。

シャランと涼しげな音がして、美しい鍵《かぎ》が手のひらに落ちる。

取り落とさないように、メリーアンは慌ててそれを握りしめた。

「君にこの鍵を渡そう。これは私と君の、友情の証だ」

「友情の証……」

「もし君に管理人になる気が少しでもあるのなら、妖精たちが持つ鍵を集めてごらん。友人になればきっと、妖精たちは君を助けてくれるだろう」

メリーアンは青い鍵を握りしめて頷いた。

「ありがとう、フェーブル。私、やってみるわ」

（……そうだわ。昔からずっと、そう。失敗しても、必ずそれを糧に乗り越えてきたじゃない）

婚約者を失っても。地位や名誉を失っても。

自分の中に積み上げてきたものだけは、誰にも奪うことはできない。

失ってしまった自信を、ほんの少し取り戻せたような気がした。

＊

「やあマロウブルー。元気だったか？」

メリーアンとフェーブル、そして肩に乗っていたリリーベリーは、展示室を出た。するとこれまでの騒ぎが嘘《うそ》だったかのように、展示物が落ち着きを取り戻していた。

マロウブルーはその凶悪な牙《きば》を隠して、嬉しそうにフェーブルの元へ突進してきた。キューンキューンと可愛《かわい》らしい声まであげているではないか。

「ああ、君の元気な尻尾で私をぶたないでおくれ」

フェーブルは微笑んで、マロウブルーの頬を撫でた。

「メリーアン、フェーブルを味方につけたんだな」

マロウブルーのそばにいたオルグが、感心したように言う。

他にもヘトヘトになっていた警備員たちが、各々嬉しそうにメリーアンを褒めてくれた。

「さっすがメリーアン！　最年少で妖精の展示室の管理人に指名されただけあるよ！　これで命の危険は減ったかな？」

「この子たちも、私を餌だと認識しなくなるといいんですけど……」

ミルテアがじりじりと、グリフォンとペガサスから距離を取る。

二頭とも、じーっとミルテアを見ていた。

「ヒィ……や、やっぱり餌だと認識されてますぅ……」

ドロシーにしがみつくミルテアに、苦笑してしまう。

「よくやったな」

「！」

後ろから声をかけられ振り返れば、エドワードが少し嬉しそうな顔で立っていた。

「あんたのおかげで、展示物の大騒ぎも収まりそうだ。どうだ？　ここで働く気になったか？」

「……妖精たちと仲良くしたいなら、妖精たちが持つ鍵を集めろって。私はまだ、フェーブルの鍵しか持っていないわ」

エドワードは頷いた。

「マグノリアはかなりの数の鍵を持っていたからな」

「……ここで働けるかはまだわからないけれど。妖精のことをもっと知りたいって思うわ」

メリーアンは手に握った青い鍵を見た。

（妖精たちが思い出させてくれた。自信や成功体験や、ワクワクする気持ち）

それに、ひとまず働いていれば、ララとユリウスのことは頭の端に追いやれそうだ。そういう意味でも、メリーアンは妖精たちに感謝していた。

（お母様。私もあなたが好きだった妖精のことを、もっと勉強してみるわ）

メリーアンの母は、妖精の研究家だった。

家族のことは、思い出すと辛かったから、すっかり記憶の底に押し込めていた。妖精のこともだ。けれど大人になりつつある今、家族の喪失という悲しみからは、メリーアンは解放されていた。だからこそ、母の好きだったものをもっと知りたいという気持ちが生まれたのかもしれない。

「……やれるだけやってみるわ」

エドワードに向き合うと、メリーアンは手を差し出した。

「自己紹介が遅れてごめんなさい。私の名前はメリーアン・E・アシュベリーよ。お察しの通り、訳ありの貴族なの。それでも私を、雇ってくれるかしら？」

「……オリエスタ魔法史博物館の警備隊長エドワードだ。訳ありだろうが関係ねぇ。あんたは絶対逃さないさ」

そう言ってにやりと笑うエドワードに、メリーアンも微笑みで答えたのだった。

「お嬢様が消えただって？」

「ああ。なんでも領主様が、聖女様を連れて戻ってきたらしい。それで、その聖女様を妻にするんだとか、なんとか。ショックだったんじゃないかなぁ」

おいおいおい。そんな馬鹿なことってあるわけ？

この領地をずっと守ってきたのは。ユリウス様を支えてきたのは。

他の誰でもない、お嬢様だったじゃないか。

＊

レオン・アスターはクロムウェル騎士団の団員だ。

クロムウェル騎士団は、ユリウス・クロムウェル伯爵が独自に持つ兵力であり、主に領地を魔物たちから守護することがその使命となっている。

彼らは領主であるユリウスに忠誠を誓っているが、幾らかの団員は、メリーアンに忠誠を誓っていた。レオンもその一人だ。

「信じられんな。あれほど仲が良かったのに、ユリウス様が別の女性を妻にするなんて」

「なんでも、聖女様に子どもができたらしい。それで責任を取るとか」

「聖女様には感謝しているが、複雑な気分だな……。これじゃあ誰も素直に喜べないだろう。何よりメリーアン様が哀れすぎる」

クロムウェル騎士団の詰所では、騎士たちが各々、自分たちが仕える領主と、領主が連れてきた聖女ララについて、噂話をしていた。

好奇の目を向けると言うよりは、ユリウスを批難するような雰囲気だ。

ユリウスが聖女ララを妻にすると宣言し、メリーアンが出奔したらしいという報告を受け、騎士たちの士気も一気に下がっていた。

聖女のおかげで、この地上にある全てのミアズマは払拭された……と言われている。魔物の被害もなくなり、ここ最近騎士たちの仕事が大きく削減されていたせいもあるだろう。緊張の糸が切れたのかもしれない。

そんな騎士たちを、レオンはとうもろこしの入ったズタ袋の上で寝そべりながら、ぼんやりと見ていた。

（まあ、俺はお嬢様に誓いを立ててるからなー）

大欠伸をしたところで、団長であるガイ・バートレットが詰所に入ってきた。騎士たちは大慌てでそれぞれの仕事をしているふりをする。

「おい、お前たち、弛《たる》んでいるぞ！　さっきから書類仕事の一つも終わらせずに、何をしているんだ！」

厳しく叱責され、騎士たちは慌てて謝罪する。

そんな中でも相変わらずぼけっとしているレオンに、ガイは不機嫌そうな目を向けた。

「レオン。お前も弛みすぎじゃないのか。いつまで寝ている気なんだ？」

「おおっと！　ついに団長が認めなすったぞ。俺がいつもシャッキリした大真面目で誠実な働き者だってことを！」

レオンがそう言うと、神妙な顔つきをしていた騎士たちが堪《こら》えきれないといったようにクスクス笑い出す。

「馬鹿者！　普段から弛んどるだろうがお前は！」

「あははっ」

ガイが振り下ろしたゲンコツをかわして、レオンは腹を抱えて笑った。

ガイはため息をついて、呆《あき》れたような目でレオンを見た。

「しかし、メリーアン様がいなくなってから一気に士気が落ちたな、お前らは。自分たちがユリウス様に忠誠を誓った騎士だということを忘れたのか？」

「だからこそでしょ？　あんな下半身ゆるゆるな領主サマ、忠誠を誓うに値しないよ」

「こら、レオン！」

もう一発ゲンコツが飛んできたところで、レオンはヒョイっと避けて、神妙な顔をした。

「俺はメリーアン様に忠誠を誓ってる。だからこそ、もうこの土地に俺がいる意味はないのかもしれない」

（俺は別に、この土地や領主を愛してるってわけでもないからなー）

ただ自分を拾ってくれたメリーアンに、深く感謝していたから、ここにいただけだ。レオンはへらへらと笑っているが、メリーアンがいなくなったことで、相当なストレスを抱え込んでいた。

（ああ、お嬢様に会いたい）

レオンは出会った頃の、小さな女の子《メリーアン》のことを思い出した。

＊

レオンは十歳の頃に、自分以外の家族を全て亡くした。

魔物に食い殺されたのだ。

剣を手に取って戦ったレオンだけが生き残った。

皮肉なことに、自分の才能に気づいた瞬間だった。

幼いレオンは、家族がもういないなら、いっそ自分も死んでしまおうかと考えていた。だから毎日、剣を持って魔物に立ち向かったのだ。そうすればいつか死ねると思ったから。

「もう行かないで」

けれどそれを止めたのは、自分と同じ、どこかぼうっとした瞳の女の子だった。正直ムカついた。

何も知らないぼけっとした女の子が――当時のメリーアンは、まだ心が回復しきっていなかった――、自分の絶望に口を出そうと言うのだ。

「見捨てない」

けれどメリーアンははっきりと言った。

「……は？」

「あなたたちがそうしてくれたから。私、誰も見捨てない」

――メリーアンは自分と同じ目をしていた。全てを失った者の目だ。

それでも彼女の魂の奥底には、強い光があるような気がした。

自分と同じような境遇にいたのに、真っ黒に塗り潰されてはいない。

絶望の中にいても、いつか光は湧き上がってくるものなのだろうか？

「それでも行くって言うなら、縄で縛る」

「はあ？」

シュピーン、と縄を伸ばしたメリーアンに、レオンはあまりにも馬鹿馬鹿《ばかばか》しくなって久しぶりに笑ってしまった。

「……冗談じゃないわ。縛って領主様のところに連れていくから」

「お、おい、おま……いや力強すぎだろ！」

本当に縄でぐるぐる巻きにされて、レオンは領主一家の元へ引っ張られていったのだった。

それからだ。

レオンがメリーアンとユリウスと仲良くなったのは。

クロムウェル夫妻は、行き場をなくしたレオンをずっと心配していたらしく、子どもでもできる仕事を与え、多すぎる賃金を渡して、レオンの面倒を見てくれた。

そしてスクールから帰ってきたメリーアンとユリウスも、よくレオンと遊んでくれた。三人の関係は、幼馴染《おさななじみ》、というものなのだろう。

レオンと同じように、少しずつ明るさを取り戻していくメリーアンに、気づけばレオンは惹かれていた。

メリーアンはアストリア人にしては、全体的に色素が薄い。

自分では地味だと笑っていたが、どちらかと言えば儚《はかな》い、という言葉の方が似合う気がした。おそらくだが、別の大陸人種の血が入っているのかもしれない。

そんな儚い容姿をしているが、中身はド根性の塊だった。

そういうギャップも含めて、レオンはメリーアンのことが大好きなのだった。

けれどその恋が叶《かな》うはずもない。

自分は平民で、二人は貴族で。

……いいや、問題なのは身分ではない。

手が届かないと思ったのは、ユリウスの隣にいたメリーアンが、いつも満たされた幸せそうな表情をしていたからだ。

レオンの記憶の中にいるメリーアンは、いつだってユリウスの隣にいた。

二人で見つめ合って、幸せそうに笑っている。

そんな二人だから、レオンは自分の気持ちにケジメをつけられたのだ。

＊

（ユリウス様。あんたがお嬢様をいらないって言うなら、俺は……）

レオンがぼうっとしていると、今度こそガイのゲンコツが頭上にヒットした。

「いってぇーっ！」

レオンは涙目になってガイを見上げる。

「ヒキョーだぞ！　人が物思いに耽《ふけ》ってる時に！」

「仕事中だ愚か者」

ガイがにやりと笑った。

やり返してやろうかと思っていると、不意に詰所のドアが開いた。

やってきたのは、小さな子どもを連れた女性だった。

「すみません」

「おや、マージじゃないか。どうかしたのか？」

「それが……」

マージと呼ばれた女性が、不安そうに子どもと視線を合わせた。

＊

「メリーアン様のことを尋ねる怪しい男、ね……」

難しい顔をしたガイが、顎に手を当てて考え込んでいた。

「絶対やばいやつじゃん、それ」

「ああ。貴族社会というのは、血生臭さが絶えんものだからな……」

詰所にやってきたマージの息子ポールが、先ほどメリーアンのことを尋ねる怪しい人物に出会ったのだという。

聞かれた内容は、主にメリーアンの居場所に心当たりがないかということ。

どうもポールに忘却術をかけて去っていったようなのだが、ポールにはそれが効かなかったようだ。

「ポールはキャンセラーだからな。相手もわからんかったんだろう」

「魔導師か何か知らないが、間抜けな奴《やつ》もいたもんだよね」

レオンは馬鹿な魔導師のことを思って、鼻で笑った。

キャンセラーというのは、生まれつき魔法にかからない体質のことを指す。

アストリア全体で見るとキャンセラーは貴重だが、なぜかクロムウェル領ではキャンセラーの子どもがよく生まれるのだ。ミアズマと何か関係があるのかもしれないが、原因はまだはっきりとはわかっていない。

「それで、ポールがその人の、カフスボタンの模様を見たんです」

「カフスボタン……家紋か」

ガイが呟《つぶや》くと、マージは頷いた。

マージはポールに、その模様を描いた絵を出すように促した。

「下手でごめんなさい。これ、オリーブを咥《くわ》えている鷲《わし》なんだ」

ポールはモジモジと持っていた紙を差し出した。

「最高にうまいよ、ポール。さすが王都の名門校に合格しただけある」

そう言ってレオンがポールの背を叩くと、ポールが照れたように笑った。

ポールはまだ五歳だが、すでにその優秀さから、王都でも五本指に入ると言われている学校の小等部に合格していた。学校に通わせたいというマージの願いを聞いたメリーアンが、お金の都合をつけてくれたのだ。子どもに投資するのは当たり前のことよと笑って。

「んんん？　この紋章、どこかで見たような気が……」

ガイが覗き込んで顎に手を当てる。

確かにポールの絵では、横向きに描かれた鷲がオリーブの葉を咥えていた。

騎士たちは貴族ではないので、基本的に貴族社会には疎い。

それでも見かけたことがあるということは、相当有名な家紋なのだろう。

「一旦《いったん》領主様に報告しよう。レオンは他の騎士たちに合流して怪しい奴がいないか探してくれ」

「了解」

メリーアンのこととなると、レオンはスムーズに動く。

ガイがそのことに苦笑していると、詰所にまた誰かがやってきた。

＊

「素敵！　これがユリウスの騎士たちなのね？　よく顔を見せて？」

（ふざけんじゃねー）

ララに触れられて、レオンは唾を吐きたくなるのをグッと堪えていた。

詰所にやってきたのは、噂の聖女様とその侍女だったのだ。

「田舎の騎士でも、こんなに綺麗なものなのね。ねえ、お屋敷で一緒にお茶をしましょう？」

「……聖女様のお誘いはありがたいのですが、我々は今業務中でありまして。急ぎ確認したいことがありますので、申し訳ございませんが」

そう言ってガイが謝罪すると、ララは首を傾げた。

「えっ？　私よりも仕事を優先するってこと？」

「……私たちの使命は、この地に住む者たちの命を守ることです。そう簡単に仕事を投げ出すわけにはいきません」

（最近はサボり気味だったけどねー）

レオンが心の中で舌を出していると、ララがまた首を傾げた。

「そんなのどうだっていいじゃない」

「……は？」

一瞬ガイもレオンも、その返事の意味が理解できなかった。

それから徐々に、二人の顔に困惑が広がっていく。

「では、領民は誰が守るのです？」

けれど困惑しているのはララも同じだ。

「なぜ私よりも領民を優先するの？　優先すべきは主人である私でしょう？」

「我々が忠誠を誓ったのは、ユリウス様です」

「俺はメリーアン様」

さっとレオンがそう言うと、ララの顔に不快な表情が浮かんだ。

「また、メリーアンさんの話……」

それから首を横に振ると、天使のような笑みを浮かべる。

「ねえ、いいのよ。正直に言って。あなたたちもメリーアンさんに言われて、私に意地悪をしているんでしょう？」

「………」

今度こそレオンとガイは言葉を失ってしまった。

部屋の端で成り行きを見守っていたマージですら、口をポカンと開けて絶句している。

（おいおいおいおい、何言ってるのさ、この女は？）

「いいのよ、もう頑張らなくても。だって全てのミアズマは、私が浄化したもの。だから、ね？」

「でもメリーアン様は、しばらく油断せずにいましょうって言ってたよ」

大人たちの沈黙を破って、ポールがトコトコとララの前に出てきた。

「万が一のことがあるからって」

ポールの言葉に、ララは顔をしかめた。

「……汚らわしいわ。近づかないで」

（おいおい、汚らわしいって……）

あまりにひどい言葉に、流石のガイとレオンも止めに入ろうとした。

「そのような汚い格好で、聖女様に近づかないでください」

しかしその前に、サッとローザが飛び出してきた。

（こいつら、一体何様なんだよ。自分だって農民の出身のくせに）

苛立《いらだ》ったところで、マージが走ってきてポールを引っ張った。

「ポール！」

けれどポールはじっとローザを見据えている。

「僕のためにお金を出して学校に行かせてくれるメリーアン様が大好きなんだ」

「ポール！　どうしたの、いいから黙って！」

「だからメリーアン様の言うことは絶対なんだよ！」

ごめんなさい、と何度もマージが頭を下げた。

けれどポールの態度はローザの怒りに触れたようで、ローザは手を振り上げた。

その瞬間、レオンはポールがじっとローザの腕を見ていることに気がついた。

レオンはそのまま、ローザの手をガッと摑む。

（こいつ、カフスボタンが……）

——鷲とオリーブの紋章だ……。

「離しなさい、この無礼者！」

ローザが暴れたので、レオンは手を離す。

「……申し訳ございません。ですが子どもに暴力はいけません」

「聖女様に無礼なことを言う子どもなど、躾《しつけ》されて当然です！」

怒りも収まらぬというローザをそっと制して、ララがぽつりと呟いた。

「あなたはね、特別な子ではないから、学校に行ったって意味ないのよ?」

「え?」

突然話し出したララに、ポールがポカンとする。

「神様に選ばれた子しか、贅沢してはいけないの。だからあなたに学は必要ないわ? 悪いけど、そういうことにお金は使えないわね。ユリウスに言っておくわ」

そう言って、ララは悲しそうに呟いた。

「どうしてみんな、私の言うことを聞かないのかしら」

＊

「イカれてるな、あの女」

——ガイのセリフだ。

とうとうガイまで口が悪くなってしまった。

それほどまでに、ララはガイをイラつかせたのだ。

ひとまずララとローザには帰ってもらった。

マージは支援金を取り消すと言われて取り乱していたが、そもそもポールのスクール行きの最終決定を下したのは、ユリウスだ。今更それをひっくり返すこともないだろうと宥《なだ》めて、二人を家に返した。

「いいよ別に。僕、学校に行けなくたって。それよりメリーアン様に会いたい」

帰り際、そう言って悲しそうに目を伏せたポールは、この場にいる誰よりも大人だった。

レオンはメリーアンと先代のクロムウェル伯爵の他に、初めて人を尊敬した。

わずか五歳の子どもに、自分の未熟さを思い知らされたのだった。

「でもわかったことがある」

レオンは呟いた。

「あの紋章、思い出したよ」

「俺もだ」

ガイは頷いた。

「ありゃあ、クラディス侯爵家の紋章だ」

クラディス侯爵は、ベルツ公爵と同じ、古くから王家に仕える名門貴族だ。

確か先先代では、王家の姫が当主に降嫁しているはずだ。しかし姫を差し置いて、当時の侯爵は娼婦の女を寵愛《ちょうあい》し、姫を冷遇していたという。

悲嘆に暮れた姫は自害してしまい、後にその出来事は演劇となり、民衆にも広く知れ渡ってしまった。

先先代の頃から、クラディス侯爵は王家からの信用と発言力を失ってしまっているのだった。

「だとしても、なんでそいつらがメリーアン様のことを嗅ぎ回っているんだ?」

「あのローザとかいう女も、クラディス侯爵家の回し者っぽいよね?」

貴族の情報に疎い二人では、答えに行き着くことができなかった。

しかしなんにせよ、どうもメリーアンが厄介事に巻き込まれているのは確実なようだ。

「警備をもう一度固めよう。こりゃあ、なんだかきな臭くなってきたぞ」

「……そうだね」

(お嬢様、あんたはもしかして……)

レオンは不意に、昔メリーアンとユリウスに教えたあることを思い出した。

幼い頃、一緒に遊んでいた三人は、魔物に遭遇したことがある。

そこでユリウスとメリーアンは一緒に戦おうとしたが、レオンはそれを止めたのだ。

「あんたたちは逃げて。それが守られる側の義務だ。戦闘はプロに任せて、とにかく逃げろ。遠くまで」

綺麗事《きれいごと》を言ったつもりはない。

実際騎士団ではそう教えられる。

戦闘訓練を積んでいない者が実戦に加わるなど、騎士たちからしても邪魔でしかない。

「命の危険を感じたのなら、とにかく逃げるんだ。必ず俺たちが守るから」

レオンの胸に、不安と、それでいてあたたかなものが宿った。

(お嬢様は……俺が言ったことを、覚えていてくれたのかな)

何か危険があるから、彼女はこの地から逃げたのだ。

――だとすれば、レオンは全力でメリーアンを守るだけだ。

(お嬢様、俺はあんたを助けたい)

レオンはぐ、と拳を握りしめたのだった。

＊

その後、一人の使用人が屋敷をクビになった。

侍女頭のエイダだ。

彼女は新しい働き口を見つけたのでそこへ行くと書き残して、この領地からひっそりと姿を消した――……。

「全く、図書館では静かにするのがルールなのに」

メリーアンは腕に本を抱えてため息をついた。

今日も妖精のことを知るため、大学の図書館に籠《こ》もっていたのだが、そこで学生らの乱闘騒ぎが起こったのだ。

意見の食い違いで殴り合いの喧嘩《けんか》にまで発展したらしい。

エネルギッシュな若者が集まるこの街では珍しいことではないが、まさか自分のすぐ隣でそれをやられるとは思わなかった。

「まあいいわ。必要な本は借りてきたし……ん？」

クロノアの神殿近くまで戻ってきた時。

（あれ、何かしら。神殿に人が集まっているわ）

ざわざわと、何やら神殿の周りが騒がしくなっていた。

今日は何も催しものなどはなかった気がするのだが……。

「失礼。ごめんなさい、ちょっと通して」

人混みをかき分け、神殿の前に出ると、メリーアンはようやく人々が何を見ているのかわかった。

道の向こうから、一人の男性が必死に、荷車を引いてこちらに向かってきていた。その荷台にあったものを見て、メリーアンは息を呑《の》んだ。

（あれは……）

――女性の死体だった。

それも死後数日経過した。

強い日差しの中運ばれてきたのか、遺体は腐り、腐臭を漂わせている。

あたりに悲鳴が響いていた。

数名のプリーストとハイプリーストが、急いで外へやってくるのが見えた。

その中には顔を青くしたミルテアもいる。

荷車を引く男は神殿の前で止まると、ハイプリーストの前で膝《ひざ》をついた。

「どうか、どうかお助けくださいハイプリースト。妻がお産で命を落としたのです。私は、ノーグ村から来ました」

近くに立っていた学生が、「そんなに遠くから……」と悲痛そうに呟《つぶや》いた。

（ノーグ村って……クロムウェル領のすぐ近くじゃない！）

メリーアンは青くなった。

確かクロムウェル領の領館からオリエスタまで、馬車で三日はかかった。駿馬を走らせても一日は必要だろう。それをあの荷車を引いて、この暑さの中、ここまでやってきたというのだ。

「妻は、たった一人の家族なのです。子どもの頃からずっと一緒だった。私には、他にもう家族はいない。どうか、どうかクロノア神の時の奇跡で、妻を生き返らせてください」

(無理だわ……)

神殿の関係者でなくとも、わかる。

死後数日経《た》ち、夏の日差しを浴び続けた死体は腐っている。

そこに魂がないことは、誰《だれ》が見ても一目瞭然だった。

けれどハイプリーストは男性の手を握り、深く頷《うなず》いた。

「ここまでよく頑張りましたね。もちろん、できるだけのことをしましょう。さあ、中へお入りなさい」

「あ、あ……」

その言葉で、がくりと男性から力が抜けた。

糸が切れたかのように、地面にへたり込む。

ハイプリーストがその背を撫《な》で、修練生と一緒に、男性と荷車を中へ運ぶ。

「ごめんなさい、ちょっとこの本持っていてくれる?」

メリーアンは近くにいた学生に持っていた本を渡すと、プリーストたちに駆け寄り、荷車を中へ入れるのを手伝った。

死体は空気を汚す。伝染病のもとだ。

一刻も早く、民衆から死体を遠ざけなければならなかった。

(可哀想《かわいそう》に……)

遺体はまだ若い女性だった。メリーアンより、いくつか上くらいの。毛布は血と腐った体液に紛れ、ひどい匂《にお》いがしている。

そのすぐ横にはおくるみが置かれ、丁寧に包まれた赤子の姿があった。

けれど女性も赤子も、もうすでにその魂はこの地にはない。

(死産だったのね……)

メリーアンはその魂が安らかに天に昇れるよう、祈るしかなかった。

＊

「お手伝いいただきありがとうございました。ご遺体のそばにいた方はこちらへ。祈りで浄化します」

そう言って、複数人のプリーストたちが祝詞を唱える。

会衆席に座っていると、あたたかく優しい風が、体の内側を吹き抜けていくような気がした。

プリーストによる祈り。

アストリア人にとって、これはなくてはならないものだった。

ミアズマをはじめ、あらゆる伝染病のもとから体を守る。

だから必ずどの地域にも神殿はあるし、なかったとしてもプリーストがどこかしらには常駐して、人々の身を清めていた。

ミアズマはじわじわと体を蝕《むしば》んでいく。

蓄積されていくと、体に害が出始めるので、その前に消し去っておかねばならないのだ。

「メリーアンさん、大丈夫ですか……?」

会衆席でぼうっとしていると、隣にミルテアがやってきた。

「遺体を見るのは慣れているわ。ミルテア、あなたこそ大丈夫?」

「はい。ショックでしたけど……」

ミルテアはメリーアンの隣に腰を下ろすと、ステンドグラスを見上げて言った。

「出産で亡くなった女性を何人も見てきましたから、慣れてるんです」

「……」

この国では、出産時に女性の約七人に一人が死ぬ。

産後の肥立ちが悪く、亡くなってしまう女性も多い。

これは戦争によって死ぬ人々の数よりも圧倒的に多く、そのせいで現在アストリアは少子化の一途を辿《たど》っていた。子どもの産み手である女性の数が、非常に少ないのだ。

それもこれも、全《すべ》てはミアズマのせいだ。

ミアズマは母体を弱らせ、胎児にまでもその影響を及ぼす。

だからこの国では、十分に肉体が成熟するまで、出産の推奨をしておらず、避妊の文化が発展していた。

「そう、よね。珍しいことではないわ」

「でも、今はミアズマがもうありませんから。もう少し、改善すると信じています」

メリーアンとミルテアは、しんみりと頷き合った。

けれどふと、ユリウスとララのことを思い出す。

女性にとって、性行為は死へ直結する行為も等しい。

もし子どもを身籠《みご》もれば、七分の一の確率で死ぬのだから。

けれど男性にリスクはない。

それなのに、ユリウスは避妊もせずに、ララとそういう行為をしたのだ。

ララは確か、当時メリーアンと同じ十七歳だったはず。

出産に適しているのは二十代と言われているので、まだ十代で体が成熟しきっていないララの、出産時死亡リスクはかなり上がってしまうことになる。

今はミアズマがないとはいえ、ララの妊娠期間を考えると、どう考えてもミアズマが全て払拭しきれていない時期に行為に及んだはずだ。

死ぬ可能性があるのに、避妊もしない。

なんで今まで気づかなかったのだろう。

メリーアンの頬《ほお》に冷や汗が伝った。

(ねえユリウス。あなた、本当にララを愛しているの……?)

＊

「というわけで、なんとかフェーブルと友人になることができたの」

博物館の資料室。

メリーアンはフェーブルと何があったのか、マイルズに話していた。

「マイルズは、私がどんなお菓子を持っていったかわかる?」

そう尋ねると、マイルズはにっこり笑った。

「アップルパイですよね」

「その通りよ。どうしてわかったの?」

「そう難しいことじゃないですよ。フェーブルの好物はリンゴだし、アップルパイの逸話ならたくさんあるんです」

「……そうなのね」

(うーん。やっぱり最初にマイルズに相談すれば、すぐに解決したかもしれないわよね)

けれどエドワードに、警備事情はできるだけ外部に話すなと言われていたので、マイルズには相談しなかったのだ。

正直、こうしてことの経緯を説明しているのも、エドワードにはいい顔をされないだろう。

「でも君だって、結果的に答えを得られたんだから、それでいいんじゃないかな。マグノリアのマニュアルはそのためにあるんだし」

「……ありがとう」

メリーアンが微笑んだところで、資料室に学芸員の女性が入ってきた。

「ごめんなさい、ちょっといいですか?」

女性は困ったような顔をしていた。

「今日、体調不良で欠席の職員が多くて、午後三時のオルゴールの演奏中に、お客さんがオルゴールに触れないよう、見張ってくれる人がいないんです。マイルズ、悪いけどやってくれませんか？」

博物館のエントランスには、大型オルゴールがある。

高さは大人二人分、横は三人分ほどある、巨大な移動式のオルゴールで、後ろの舵輪《だりん》のようなネジを巻くと、表の人形たちがダンスをしながら歌う仕組みになっている。

この博物館では、午後三時に毎日オルゴールの演奏をすることになっているのだ。

マイルズは眉《まゆ》を寄せた。

「困ったな。その時間、僕は団体の観光客の相手を受けてしまいました」

「あら、そうだったの？」

二人は困ったような顔をした。

この時期、研究論文の発表が重なって、体調不良を起こす研究員も多い。

「その仕事って、難しいんですか？」

メリーアンが尋ねると、女性は首を横に振った。

「いいえ。係のものがハンドルを回すので、演奏中、観光客が近づかないようにするだけなんです」

「私、やってみましょうか？」

「ええっ、いいんですか？」

メリーアンは頷いた。

「マイルズや、ここの職員さんたちにはいつもお世話になっているし。十五分くらいなんでしょう？」

「ありがとう！　それじゃあ、手順を説明しますから、一緒に来ていただけます？」

「もちろん」

＊

パイプオルガンのように重厚な音が、不思議で幻想的なメロディーを奏でている。

素晴らしいオルゴールの演奏を聴きながら、メリーアンは教えてもらった通り、客がオルゴールに近づかないようにやんわりと注意していた。

（今日は休日だから人が多いわね）

あの学芸員が言った通り、そこまで難しい仕事ではなかった。

メリーアンは演奏を聴きながら客を見ていると、不意に視線を感じた。

「？」

そちらの方に視線を向けると、身なりのいい女性が一人、じっとメリーアンのことを見つめていた。

（何かしら……？）

ぼうっとしていると、オルゴールの演奏が終わる。

分散していく客の中、その女性は真《ま》っ直《す》ぐにメリーアンの元に近づいてきた。

「あなたがメリーアン様、ですね？」

「！」

メリーアンの顔がさっと青くなった。

「……なぜ私の名を？」

「ご安心くださいませ。私は怪しいものではございません」

そう言って、女性は胸元《むなもと》から一枚の手紙を取り出した。

「こちら、我が主人から預かりました。あなた様にお渡しするようにと」

メリーアンは震える手で手紙を受け取ると、差出人を見て息を呑んだ。

封蠟《ふうろう》には、はっきりとオリーブを咥《くわ》えた鷲《わし》の紋章がある。

「これ……」

（クラディス侯爵家の紋章……？）

クラディス侯爵家といえば、最近は振るわないとはいえ、建国当初から王を支えてきた、由緒正しい家柄の貴族だ。

手紙の差出人は、アリス・クラディスとなっている。

アリスは確か、クラディス侯爵の一人娘だ。夫を他家から迎え入れているようで、今はクラディス侯爵家に離れをもらい、そこで暮らしていると聞く。

とてもじゃないが、メリーアンが声をかけられる人ではない。

「お茶会の招待状です」

「お茶会……？」

メリーアンが怪訝《けげん》な顔をすると、女性はふっと微笑んだ。

「我が主人は、あなたとお茶を楽しみたいようです」

「……私は、行けません」

(思い出した。アリスは、ララの一番仲の良い友人だ……)

まずい。

どう動くべきか計りかねていると、女性は冷たい微笑みを浮かべて言った。

「それでは、明日も明後日も、手紙を持ってここに来ましょう」

「……」

「ああ、そうそう。エイダさんはうちで元気にしていますよ」

「なっ……!」

自分がよく知る者の名前を出されて、メリーアンは動揺してしまった。

「なぜ？　エイダはうちの侍女頭よ。辞める理由なんてないはず。どうしてあなた方のところに……」

(一体どういうことなの？)

「さあ？　ですが彼女は今、うちにおりますの」

つまり、人質も同然ということだ。

わざわざメリーアンを誘《おび》き寄せるために、そんなことをしたのだろう。

(ララか、それともあの侍女、ローザの仕業ね……)

しかしそこまでしてメリーアンを呼び出したい理由がよくわからない。

「あなたの居場所がすでに割れているということを、お忘れなく。どうぞよく考えてお返事くださいませ」

「……」

そう言うと、女性はきっちりとお辞儀をして、去っていった。

＊

その日の夜。

「うっぎゃあああ！」

さっきから、ドロシーが星空の輝くエントランスで奇妙な服を着たマネキンに振り回されていた。

考え事をしながらそれを見つめていたメリーアンは、ふとマネキンが何をしたいのかに気づいて、声をかけてみる。

「ねえあなた。もしかして、ダンスがしたいの？」

マネキンは嬉《うれ》しそうに腕を広げた。

「私、ステップを知ってるわ。私と一緒に、踊りませんか」

メリーアンが手を差し出すと、マネキンは嬉しそうに、メリーアンと共に踊り始めたのだった。

＊

「メリーアン、どうもありがとう！　私ダンスなんてちっともわかんなかったよ」

「役に立ててよかったわ」

「すごいねー。メリーアンっていろんなこと知ってるんだもん」

（一応、貴族の端くれだったしね。ダンスや、お茶会の厳しいマナーなんか、もう役に立たないかもって思ってたんだけど……）

マネキンとダンスをしたように、お茶会のマナーも近日役に立つかもしれない。

メリーアンが苦笑すると、ドロシーは首を傾《かし》げた。

「あれ？　疲れちゃった？　なんだか少し、顔色が悪いよ」

「え、ええ、少しね」

（本当は、昼間のことが気になって仕方ないだけなんだけど）

メリーアンの顔に疲労が見て取れたのだろう。

ドロシーは心配そうに、メリーアンの顔を覗《のぞ》き込んでくる。

メリーアンは悩んでいた。

あのお茶会の返事についてだ。

もちろん、もう行くしかないと思っている。

エイダが囚《とら》われてしまったのだ。迂闊《うかつ》だった自分も悪い。

（だけど、何をされるかわからない。本当に暗殺なんかされたら、洒落にならないわよ）

一体どういうつもりでアリスはメリーアンを招待したのか、さっぱり見当がつかない。

おまけに、メリーアンは今働いているのだ。

この博物館からあまり離れるわけにはいかなかった。

「まあでも、明日から休みだし。ゆっくりするといいよ。私も最初の頃、ぐったりしちゃってたな」

「え？　休み？」

ドロシーの言葉に驚いて、メリーアンは目を見開いた。

「ほえ、エド隊長から聞いてないの？」

「聞いてないわ。休みがあるの？」

「うん。この博物館の夜間警備は、ルミネが昇る十五日間だけだよ？　残りの半分はお休みなの。毎日働いてたら死んじゃうよ！」

「ルミネが沈むのは、えっと……」

「明日明日！　明日の業務が終わったら、もう休み！」

「そうだったの……」

ひと月に半分も休みがあるのかと、メリーアンは単純に驚いた。

この世界には月が二つある。そのうちの一つ、ルミネは、ひと月の半分しか昇ってこないのだ。

（それなら、ここから離れても大丈夫そうね）

メリーアンは一つ不安事が減って安心した。

けれどふと思う。

「それでもこんなに賃金がいいって……」

「そりゃあフェアリークイーンに任された大切な仕事だもん」

ドロシーは胸を張った。

「それに」

なぜか機嫌が悪そうなマロウブルーが、喉《のど》をぐるぐる言わせていた。

「命かかってるからねー！」

そう言ってドロシーは一目散に逃げていく。

ドロシーの言う通りだ。

（一日七十万ダールで命をかけるなんて、安いものよね）

メリーアンはそう思うと、肩をすくめたのだった。

＊

「俺《おれ》も行く」

「は？」

「だから、あんたと行くと言っている」

（何を言ってるの、この人……）

ポカンとするメリーアンを見て、エドワードは不機嫌そうに額にしわを寄せた。

（困ったわね……）

メリーアンは、休暇の報告のためにエドワードの元を訪れていた。

休暇とはいえ、一旦《いったん》この街を離れる。

王都に行って帰ってくるには、数日間は必要だ。

その間に何かあっては大変だからと、エドワードに報告しておくことにしたのだ。その結果がこれだ。

「あの、ごめんなさい、エドワード？　これは私の問題であって……」

あなたの問題じゃないわ、と言おうとしたところで、エドワードがそれを遮《さえぎ》った。

「大体あんた、どうやって王都まで行く気だ？」

「どうって、馬車で行くの。そもそも私、ここまで一人で来たのよ。そんなに遠くないわ」

「バカ言うな。女の一人旅なんて危険に決まってる」

「だからついてくるってこと？」

「……そうだ。とにかく俺も一緒に行く。大事な職員を失うわけにはいかない」

「……はぁ」

(何を考えているのか、さっぱりわからないわね)

メリーアンが不満げに唇を尖《とが》らせていると、それ以上の不機嫌さでエドワードが凄《すご》んだ。

「あんたな、本当にわかってんのか？」

「はいはい」

エドワードの圧を感じて、メリーアンはたじろいだのだった。

＊

王都へ出発の日。

メリーアンはしばらくオリエスタを離れることをハイプリーストに報告してから、神殿を出た。

結局、あれからメリーアンは神殿に寄付を納めながら暮らしていた。

宿を取ることもできるが、やはり女性一人だと怪しまれるし、そもそも危険なので、神殿にいる方がいいと判断したのだ。

何よりプリーストたちと一緒にいると、心が落ち着く。

神殿は心が不安定な人の居場所としても機能している。もう少しだけ、心が良くなるまで神様の世話になろうと、メリーアンは決めていたのだった。

去り際、中庭でぼんやりとしている男性を見つけた。

あの遺体を乗せた荷車を引いてきた男性だ。名前はライナスというらしい。

彼もメリーアンと同じように、あれからここで世話になっているようだ。

声をかけようかと思ったが、やめておいた。

まだ話せるような状態ではなさそうだ。

(比べるなんて烏滸《おこ》がましいけど。どうして「私が」って、そう思うわよね……)

それからまた憂鬱《ゆううつ》なお茶会のことを考えて、メリーアンはため息をついた。

それでもプルプルと頭を振って歩き出す。

荷物はやはりトランクケース一つだった。

侯爵令嬢のお茶会に臨めるような衣装は何一つ持っていない。

馬車の待合所に行くと、すでにエドワードが待っていた。

「本当に行く気なのね」

「は?　当たり前だろ。あれだけ言ったんだから」

行くぞ、とエドワードは馬車に乗り込んだ。

(エドワードって、やっぱりどこかで見たことがあるのよね)

おそらくだが、エドワード本人を見たことがあるのではなくて、彼の兄弟や似た人を見たことがあるのではないかとメリーアンは踏んでいる。

（まあいいわ。誰かのそっくりさんだなんて、関係ないものね。行きましょう）

御者の手を借りて、馬車に乗り込む。

けれどそれが――エドワードの身分が――どれほど重要なことだったのかを、この時のメリーアンはまだ、知らないのだった。

＊

王都へは次の日の夜遅くに着いた。

緊張の糸が切れたのか、ここ数日の疲れが溜《た》まっていたのか、メリーアンは馬車の中ですっかり寝入ってしまった。いつも使う馬車より座面はふかふかだったし、広々としていたしで、随分と快適な旅だったのだ。

「メリーアン、着いたぞ」

「ふわ……ああ、ごめんなさい」

目を擦《こす》って大欠伸《あくび》をする。

「ほら、こっちだ」

「……どうもありがとう」

先に降りたエドワードに手を引かれ、メリーアンは目をしょぼしょぼさせながら地面に降りた。

あたりはすっかり暗くなっていて、メリーアンは目の前の屋敷の明かりに目を細めた。

「ここだ」

「……え？」

メリーアンは我が目を疑った。

「何これ？」

「何これって……俺の家に決まってんだろ？」

「え、ちょ……冗談でしょう⁉」

メリーアンは驚きすぎて、目がすっかり覚めてしまった。

目の前にあったのは、普通の貴族では到底王都には構えられないような、立派なお屋敷だったのだ。もうすぐ着くと言われてから随分馬車に乗るなと思っていたが、どうやらこの屋敷の庭が広すぎて、屋敷の本館にたどり着くまでに相当な時間がかかっていたらしい。

「だ、だって、王都の〝家〟に泊めてくれるって」

「だからこれが家」

エドワードは面倒そうにメリーアンの手を引いた。

「ほら、行くぞ」

「ひ……嫌よ、聞いてないわよ！」

「うるせー。これ以上騒ぐなら抱えていくぞコラ」

そう言ってエドワードに強引《ごういん》に手を引かれる。

玄関前から並ぶ使用人たちが次々に頭を下げていく。

メリーアンは震え上がってその様子を見ていた。

（おかしいわ。だってエドワードは夜間警備員で、学校の先生で……そりゃあお金持ちでしょうけど、こんな家を持てるの？）

親が金持ちなのだろうか。

こんな家と使用人がいるなんて、維持費だけでクロムウェル領の一年の領収を超えてしまいそうだ。

使用人が玄関の扉を開けると、暗闇《くらやみ》に金色の光が溢《あふ》れ出した。

眩《まばゆ》いほどに輝く玄関ホールが二人を出迎える。

ずらりと並んだ使用人たちが、頭を揃《そろ》えて優雅に下げた。

「お帰りなさいませ、エドワード様」

「おう」

「いらっしゃいませ、メリーアン様」

「……ど、どうも」

（ひいいいい）

貧乏性なメリーアンは、気絶しそうになったのだった。

＊

「ほら、ここ使えよ。生活に必要なものは全部揃ってるから」

疲れているからということで、メリーアンは先に客室に上げてもらった。

客室自体も一体何部屋あるんだというくらいあり、メリーアンはさっきからずっとクラクラしっぱなしだ。

「さあ、お疲れでしょう。上着をお預かりいたします」

部屋に案内してくれた侍女の一人が、メリーアンが旅装をとくのを手伝ってくれた。それにすら遠慮していたら、その様子を椅子《いす》に座って見ていたエドワードが笑って言った。

「堅苦しいのはもういいぜ、アンバー。こっちが恥ずかしくなっちまう」

「あら、それじゃあ失礼して」

アンバーと呼ばれたふくよかな女性は、メリーアンの手を握って突然笑い出した。

「うふ。うふふふ」

「へ」

「ああ、ついにぼっちゃまが女性を連れてこられるなんて……！」

妙な勘違いをされているような気がして、メリーアンは訂正しようとしたのだが、アンバーは嬉しそうにそれを遮った。

「アンバーはずうっと心配しておりましたよ。ご兄弟は皆、結婚されていますのに。ですがもう安心ですね。このように誠実そうで美しい御令嬢を連れてこられるなんて」

「おい、俺はまだ二十五だぞ。そんな焦《あせ》るような年齢じゃねぇ」

（えっ⁉　エドワードってそんな年齢だったの⁉）

メリーアンと十歳近く年齢差があるなんて、全く気づかなかった。

（って、そうじゃなくて！）

「す、すみません、私、エドワードとはそんな関係じゃ――」

「明日はお祝いですね！　とびっきり豪華なお夕食を用意しますから、楽しみにしていてください」

（ちょっとエドワード！　なんで否定しないのよ！）

メリーアンが焦りまくる中、エドワードは機嫌よさそうに鼻歌を歌っていた。

「今日のお夕食は部屋で簡単なものを、ということなので、すぐに準備いたしますわ」

「え、あの、ちょ……」

メリーアンが口を挟む間もなく、アンバーは部屋を出ていってしまったのだった。

＊

結局、その日の夜は使用人たちに給仕されるがまま、エドワードと夕食を食べ、風呂《ふろ》に入って、さっさとベッドに入ってしまった。

（エドワードは、結局何者なのかしら……）

疲れていたのもあり、見たことがないほどのふかふかベッドで、メリーアンはすぐにウトウトし始めた。疲れに効くという癒《いや》しの香《こう》を焚いてもらったおかげもあるのかもしれない。

（うーん。あれだけ遠慮してたのに、眠いわ。私って結構図太いわね……）

などと思っているうちに、気づけばメリーアンはすっかり眠り込んでいたのだった。

＊

「うふふ、若い女性の髪を結うのなんて、いつぶりでしょう」

——翌朝。

メリーアンはドレッサーの前に座らされ、ご機嫌な侍女たちに囲まれていた。

エドワードは早朝から用事があったらしく、茶会までには戻ると言い残して、屋敷を出ていった。

その間この屋敷に一人残されるなんてとメリーアンはオロオロしていたが、好奇心旺盛な侍女たちに囲まれ、あれよあれよとこのメイクアップルームに連れてこられたのだ。

「はあ、これほどの逸材は滅多に手に入ら——おっと、いらっしゃいませんよ」

(今手に入らないとか言いかけなかった?)

手をワキワキさせながら、目を光らせる侍女たちにメリーアンは怯《おび》える。

「ささ、メリーアン様。本日は私どもが身支度をお手伝いいたしますので、メリーアン様はどうぞお気遣いなく、ゆっくりしていてくださいな」

「はあ……」

(ま、任せて大丈夫なのかしら……)

目をギラつかせる侍女たちに、メリーアンは冷や汗をかいたのだった。

＊

「わあ……」

(嘘《うそ》、これ本当に私?)

鏡に映る自分に、メリーアンは呆然《ぼうぜん》としてしまった。

いつもの薄ぼんやりした地味顔のメリーアンではなく、そこには若くて輝かんばかりに美しい女性が映っていた。

髪は綺麗《きれい》に結われ、デコルテが映えるような、ふんわりしたドレスを着ている。バターケーキのような、柔らかい黄色のドレスのおかげか、肌もいつもよりワントーン明るく見えた。

「お綺麗ですわ」

「素晴らしいです」

侍女たちも満足がいったのか、得意げな顔でメリーアンの全身を見回していた。

「すごいわ。自分じゃないみたい……」

「元がいいんですよ、元が」

褒めてくれるが、明らかに侍女たちの技術と道具のおかげだろう。

(そっか。お化粧って毎日しないと、技術が上がらないのね。それに身につける衣装だけで、こんなに変わるんだ……)

クロムウェル家にいた時は、催し物がある時だけ、侍女に頼んで最低限失礼にならない程度のドレスアップをしてもらっていた。

だが古いドレスと質の良くない化粧道具では限界があったのだろう。それでも、いつもよりは全然綺麗だったから、メリーアンは気にしていなかったのだけれど。

「ふふふ、せっかくエドワード様が女性を連れてきたんですもの。逃しませんよぉ」

(な、なんの話……)

ひとまず準備はできたので、エドワードが戻ってくるまで待つことにした。

＊

「来ないわね……」

エドワードはお茶会までに戻ると言っていたが、正午を過ぎても戻ってこなかった。

「全く、エドワード様ってば何をしていらっしゃるのかしら？」

アンバーが眉を顰《ひそ》めた。

「……いいんです。もともと私の用事であって、エドワードはただついてきてくれるだけだったから」

「まあ、そうでしたの？　メリーアン様の用事なのに、全くあの人は……」

アンバーはため息をつくと、困ったようにメリーアンを見た。

「それでしたら尚更急いだ方がいいですね。馬車をお出ししましょう」

「ありがとうございます。申し訳ありませんがよろしくお願いします」

こうしてメリーアンは、結局一人でお茶会に臨むことになったのだった。

＊

馬車の準備に少し時間がかかるので、メリーアンは部屋で一人、忘れ物がないかチェックしていた。

（……これでよかったのかもしれない。エドワードを巻き込むわけにはいかないもの）

けれどメリーアンは、エドワードがいないと思うと、一気に心細くなってしまった。一人でクラディス侯爵家に立ち向かうのは、相当な勇気がいる。

「ん？」

ぼうっとしていると、ふとポケットが青白く輝いた。

何かと思ってポケットを探れば、お守り代わりに入れていたフェーブルの鍵《かぎ》が青い光を帯びていた。

「わっ、光ってる……？」

メリーアンは鍵を持った。

その瞬間、空中に金色の線が走り、扉の形が描かれる。

「何これ？」

メリーアンは驚きながらも、鍵穴があることに気がついた。

「こ、ここに差すってこと？」

メリーアンは恐る恐る、鍵を鍵穴に差し込んだ。

その瞬間、扉がゆっくりと開き、中から眩い光がメリーアンを照らした。

「っ」

目を細めながらも扉を見つめていると、扉の向こうから見覚えのある人物がやってきた。

青いマントを靡《なび》かせるその人物は、フェーブルだ。肩にはリリーベリーも乗っている。フェーブルはゆっくりと地上に降り立った。

「フェーブル！　リリーベリーも！　あなたたち、夜じゃなくても動けたの⁉」

驚いてメリーアンはフェーブルに駆け寄った。

けれどフェーブルの体に触れることはできず、伸ばした手がすうっと彼の体を通り過ぎた。

『この体は霊魂体だ。実体はないし人に触れることはできないが、君のそばにいることはできる』

フェーブルはそう言って微笑んだ。

『友人の不安な声が聞こえてきたもので』

『なんだか面白《おもしろ》そーだし、あたしも一緒にいてあげる！』

リリーベリーがふわりとメリーアンの肩に乗った。

なぜかわからないが、二人ともメリーアンの不安な気持ちを汲《く》み取って、ここへ来てくれたらしい。

『ついていこう。私たちは君や夜間警備員以外の者には見えないだろうから、いても問題ないだろう』

「二人とも……本当にありがとう」

メリーアンは、不安な気持ちが少し落ち着いた。

（根性よ、メリーアン！）

メリーアンはほっぺを叩《たた》くと、頷いて二人を見た。

「よし！　行きましょう」

＊

「まあ、遠路はるばるよくいらっしゃいましたね」

「……本日はお招きいただき、ありがとうございます。アシュベリー男爵の長女メリーアンでございます」

膝を軽く折って挨拶《あいさつ》する。

多少緊張はしたが、目の前の美しい少女に気後れしなかったのは、自分もしっかりと装いを整えていたおかげもあるのかもしれない。アンバーたちに感謝だ。

（それにしても、こっちもすごい豪邸ね……）

目の前にずらりと並ぶ使用人たちを見て、メリーアンは心の中でため息をついた。家督をまだ継いでいないとはいえ、アリスの資産は計り知れない。エドワードといいアリスといい、二日連続で格の違いを見せつけられたメリーアンは、少し心が折れそうになった。

けれど立ち並ぶ侍女の中に、先日メリーアンに手紙を持ってきたあの女性を発見し、気が引き締まる。


――クラディス侯爵令嬢アリスの屋敷。

正式にはクラディス侯爵と呼ぶべきなのだろうが、アリスはまだ家督を継いでいないため、呼び名はクラディス侯爵令嬢のままとなっている。

メリーアンは結局、エドワードを伴わずにフェーブルとリリーベリーを連れて、三人でこの屋敷にやってきた。もちろん妖精たちは普通の人間には見えていない。

『あの女たち、メリーがあんまり綺麗だからってヒソヒソ言ってるわよ！』

侍女たちの合間を飛び回っていたリリーベリーが戻ってきて、キキッと笑った。

『「話と違う、貧乏だって言ってたじゃない」ですって！』

リリーベリーの言う通り、確かに先日手紙を持ってきたあの侍女も、少し驚いたような顔でメリーアンを見ていた。博物館で会った時はそのあたりに売っていた安い服を着ていたから、まさかこんなドレスを持っているとは思わなかったのだろう。

(なるほど。貧相で惨めな姿で来ると思っていたみたいね)

メリーアンとしても謎《なぞ》だらけではあるのだが。

そもそもなぜ、メリーアンのスリーサイズにぴったりなドレスが用意されていたのか、とか。

「今日はお天気もいいですし、お庭にお茶を用意していますの。ぜひメリーアンさんに、うちの薔薇《ばら》園を見ていただきたくて」

「まあ、ありがとうございます」

リリーベリーの言葉に励まされたメリーアンは、微笑みを浮かべて頷いた。

けれど久々のお茶会に、何か粗相をしないかと胃がキリキリする。

メリーアンは今更気づいた。

(ユリウスのためにって思って社交も頑張っていたけれど……本当は私、こういうの、大の苦手だったんだわ)

マナーに縛られることも、愛想笑いを浮かべて相手の機嫌を取ることも。

それに比べて、真夜中の博物館は自由だ。

誰もメリーアンの行いを、咎《とが》めはしないから。

＊

アリスの言った通り、庭には大輪の薔薇が咲き誇り、甘やかな匂いがあたりに満ちていた。

（あれ……薔薇ってこんな香りだったかしら？）

少し胸につくような香りだ。

緊張して嗅覚までおかしくなってしまったのかと、メリーアンは首をゆるく横に振った。

東屋《あずまや》に案内されたメリーアンは、アリスの夫であるリチャードとも挨拶を交わした。二人とも華やかな金色の髪に青い瞳《ひとみ》をした、アストリア人らしい姿をしている。

（確かリチャードはアリスの従兄弟だとかなんだとか、聞いたことがあるわね）

アリスの隣で微笑む姿は控えめな夫のように見えるが、その笑顔に若干棘《とげ》があるような気がして、メリーアンは扇で口元を隠した。

（いけないわ。二人の機嫌を損ねないようにしないと……）

エイダを取り戻すためだ。

どんなに貶《けな》されても冷静でいようと、メリーアンは改めて決意する。

そんなメリーアンの背後に、まるで騎士が王女を護衛するかのように立っていたフェーブルが、耳打ちした。

『大丈夫。何があっても、私が君を守ろう』

（フェーブル……ありがとう）

その言葉に勇気づけられたメリーアンは、なんとかアリスのお茶会を乗り切ろうと、気合いを入れ直した。

＊

しばらくはとりとめもないような、平凡な話題が続いた。

とはいえ、さすが侯爵令嬢だ。この状況でも思わずメリーアンが興味を持ってしまうような、面白い話題をいくつも知っていた。

「今日の茶葉は、グロース・フェリエから取り寄せましたの。ミルクを入れていないのに、ミルクの味がする不思議なお茶なのですよ」

（の、飲んでみたい……）

メリーアンは喜んで茶器に手をつけ、飲むふりをしながら、適当にその味を褒めた。すでにいくつかの茶菓子と紅茶が振る舞われていたが、メリーアンはお茶を口に含むふりをして、決して飲み込もうとしなかった。

（……なんだか嫌な予感がするのよね）

まさかとは思うが、毒でも入っていたら困る。

（まあそんなまどろっこしいことをしなくても、今ここで殺すなら殺せばいいんでしょうけど）

どうもイマイチ、アリスの考えが読めない。

しばらく雑談していたが、アリスはティーカップを置くと、ふう、と息をついた。

「このように庭でお茶を楽しめるようになったのも、聖女ララ様のおかげですわね」

「……ええ、そうですね」

（……きた）

アリスは微笑んでみせたが、扇の向こうにある表情は、全く読めない。

「メリーアンさんは、聖女様とお会いになったことがありますか？」

「……ええ」

曖昧な返事で誤魔化《ごまか》す。

彼女のことを思い出すと、ちくちくと胸を針でつつかれるような嫌な感覚がした。

「わたくし、聖女様……ララ様とはとても仲がいいのです。ララ様が王宮に上がったばかりで色々と不安だった頃、直々にわたくしを友人役兼指南役に指名したのですよ」

「まあ、そうだったのですか」

メリーアンは白々しく嘯《うそぶ》いた。

アリスもそれを承知なのだろう。にっこりと余裕そうに微笑む。

「ララ様はとても素晴らしい方ですわ。私たちの世界の平和のため、命をかけて戦ってくださりました。彼女のおかげで数百万人ものアストリア人が救われたと言っても過言ではありません」

「……ええ、その通りです」

（私だってわかってる。そんなことは……）

メリーアンはぎゅっと拳《こぶし》を握りしめた。

「ご存知？　聖女様とある騎士の、恋物語」

「……」

何も言わないメリーアンを無視して、アリスは続ける。

「家族や友人からも引き離され、聖女として旅立つことになったララ様が不安な時、いつもそばに寄り添ってララ様を励ましていた騎士がいた。騎士は聖女様を献身的に支え、やがて二人は恋に落ちた……。誰が見てもお似合いで、それはまるで運命の恋のよう」

「……」

「でも騎士には婚約者がいたんですって。好きでもないのに、政略結婚で選ばれた相手だそうよ？」

「っ！」

咄嗟《とっさ》にメリーアンは顔を上げてアリスを見た。

その表情は読めないが、どことなくメリーアンを見下して、馬鹿《ばか》にしているように見えた。

「守ってもらうばかりでなんの役にも立っていないただの気弱な婚約者と、騎士は釣り合っていないことは明白。だから周りが皆、聖女様と騎士が結婚できるよう、頑張って奔走しているそう」

……この物語の結末を、ハッピーエンドで終わらせるために。

アリスは紅茶を一口飲んだ。

カタリとも音を立てずに、カップをソーサーに戻す。

「ララ様と騎士は深く想《おも》い合っている。それなのに、なんの役にも立たなかった、ただ婚約者という立場に縋《すが》っている没落しかけの令嬢に、幸せを邪魔されているのよ」

アリスはにこりと笑った。

「それで。どうして婚約解消に応じませんの？」

微笑んではいるが、その目は冷たい。

「愛し合う人たちを引き裂いて、そんなに楽しい？」

……。

………。

…………。

え、なんの話……？

メリーアンはポカンとしてしまった。

（婚約解消に応じないって……私たち、もうすでに離縁したはずよね？）

そもそもの話、婚約解消に同意し、書類の用意までしたのはメリーアンだ。

業務の引き継ぎだって、やれるだけやってきた。

何も言わないメリーアンに、心当たりがあると思ったのか、アリスは勝ち誇ったように笑みを見せた。

隣に座っていたリチャードが、メリーアンを諭すように言う。

「これからクロムウェルはアストリアでも重要な立場に置かれる。君はそんな計り知れない価値のあるクロムウェル伯爵夫人の座につきたいだけなんじゃないかな。でもよく考えてごらんよ。本当にその座につくべきなのは、今まで民に尽くしてくれたララなんじゃないのかい？」

「婚約解消を認めないなんて、みっともないですわよ」

メリーアンは深呼吸した。

「……その話はどこからお聞きになったのですか？」

「ララ様からに決まっているでしょう？　わたくし、彼女と本当に仲がいいんですのよ」

「……」

（どうしてララ様がそんなことを？）

全てうまくいって、何もかも手に入ったはずなのに、今更なぜそのようなデマを流すのか。彼女の考えていることは全くわからない。

（……どうして私なんだろう）

私たちはなんの変哲もない、普通の貴族だった。

他の人たちは、みんな政略結婚で結ばれても、うまくやって、幸せにしている。

なのになぜ、私たちだけが、こうもうまくいかないの？

ララはなぜ嘘を言いふらしているのか。

なぜアリスからこのように侮辱されなければいけないのか。

目の前が赤くチカチカする。

なぜそんなふうになっているのか、メリーアンはしばらく理解できずにいた。

しばらく考えて、自分の中に湧いた感情が何か、ようやくわかった。

（私、怒ってるんだわ）

なんの役にも立たない令嬢。

言われてみればそうなのかもしれない。

確かに死者数はできるだけ抑えてきたが、メリーアンよりももっとうまくやれる人は、他にもたくさんいたかもしれない。

だけど。

（あそこには私しかいなかった。それに全力を出さなかったことなんて、一度だってないわ）

全ては領民のために。

そう思って、毎日毎日寝る間も惜しんで働いてきた。

アリスはおそらく、メリーアンが普通の貴族夫人のように暮らしていたと思っているのかもしれない。

けれどアリスは知らないのだ。人々が疾病と魔物に悩まされ、死んでいく姿を。正直なところ、平和ボケしているのはアリスの方だった。

（私とユリウスの始まりは政略結婚だった。でも積み重ねた私たちの十年を、そんなふうに語って欲しくなかった）

何も事情を知らないアリスとリチャードに。

それも侮辱する気満々で。

メリーアンは怒りに震えた。

怒鳴ろうと思えば怒鳴れるし、その頬を引《ひ》っ叩《ぱた》こうと思えば引っ叩ける。

だけどそうすればどうなる？

（私は、守るのよ）

血が滲《にじ》むほど、メリーアンは拳を握りしめた。

（エイダを取り返す）

守らなきゃ。

私はみんなを守るって、そう約束した。

怒りの炎に身を焼かれながら、メリーアンはその痛みに耐え続けた。

次第に炎は少しずつ弱まってくる。

ピークは過ぎたが、それでもメリーアンは顔を上げることはできなかった。

目の前のアリスは、震えるメリーアンを見て楽しんでいるようだった。

リチャードは鼻で笑っている。

（私の尊厳なんてどうだっていい）

メリーアンは唇を噛《か》み締《し》めた。

（自分のすべきことをするのよ、メリーアン）

メリーアンは心を落ち着かせると、微笑みを浮かべた。

「それは……失礼いたしました。ですがアリス様。リチャード様。私はもう、婚約解消の書類にサインをし、ユリウスに預けているのです。あとはユリウスが書類にサインをするだけなのです」

「いいえ。ララはそう言っていなかったわ？」

……たとえ白であっても、アリスが黒といえば黒になるのだ。

貴族の序列の強さに歯噛みしつつ、メリーアンはアリスに尋ねた。

「……私に何をお望みですか」

「ようやく弁《わきま》えましたね」

アリスはふふ、と微笑んだ。

「簡単な話です。アリスとユリウスの結婚が皆から祝福されるように、協力して欲しいだけなのよ」

「協力、と言うのは」

「今のままだと、まるでララが婚約者がいる方を略奪したみたいでしょう？」

（私からすればその通りなのだけど）

真実ではないか。

「それだと外聞が悪いから、あなたは領地でわがまま放題をする、世間知らずな悪妻だったということにしようと思うの。ユリウスは離縁できなくて困っていたけれど、そこに国王陛下の命令があり、離縁が成立。晴れて聖女と騎士は結ばれ、悪妻は平民に落ちる。素敵なシナリオでしょう？」

呆《あき》れて声も出ないとはこのことだ。

（そこまでして、この人になんの得があるというの？）

メリーアンは怒りを通り越して、不可思議なものを見ているような気になった。確かにララと仲良くしていれば、ここしばらく続いていた王家との不仲も多少は回復するかもしれない。おそらくだが、今回の事件の真相は、このあたりにあるのではないかとメリーアンはずっと考えていたのだ。

しかしアリスのララへの心酔ぶりは異常だ。

リチャードはそうでもないようだが、ララのことを語る時のアリスの目は異常な気がする。

何がそんなに彼女を駆り立てているのか。

「……協力すれば、エイダを解放してくださるのですか」

「もちろん。これ以上あなたの大切な人々に手出しはしないわ」

その逆も然《しか》りですけど、とアリスは微笑む。

（別に貴族としての私の評判がどうなろうが、どうだっていいのよ）

そもそもメリーアンは、もう二度と結婚する気なんかない。

恋愛だってきっとできないだろう。

ユリウスとララにはだんだん怒りを覚えるようになった。

全てを奪われたような気がしたから。

けれどメリーアンの中には、ユリウスに対する感謝の気持ちも残っていたし、領民たちを守りたいという気持ちは今でも強くある。

（……だから、やれることはやるわ）

よく怒らずにここまで耐えた。

自分を褒めながら、取引の答えを出そうとした時。

『メリーアン』

不意に、フェーブルに声をかけられた。

『その紅茶、飲んでもいいよ』

（――え？）

いきなりなんの話をしだすのかと、メリーアンは思わず振り返りそうになった。フェーブルはテーブルの横に立つと、紅茶を手で示す。

『言い忘れていてすまなかった。この紅茶は出された時に、私が毒を抜いておいた。君はきっと、毒が入っていたことをわかっていたから、手を出さなかったんだね』

のんびりとそう言うフェーブルに、メリーアンは背筋がゾッとした。

(毒……)

フェーブルは水の魔法が得意だと、不意に思い出す。

『そして私は今、この紅茶から抜いた毒をここに持っている』

フェーブルは人差し指を上に向けた。

そこには、ほんの一滴にも満たない、小さな水の粒が浮かんでいる。

小さすぎて、誰も気づいていないようだ。

『さて。君が許すなら、私はこの毒を、こちらの少女か、それとも青年の紅茶に混ぜようと思うのだが』

フェーブル⁉⁉⁉

メリーアンはようやく気づいた。

言葉も穏やかだったし、表情もいつも通り。

けれど、目が笑っていない。

(フェーブルが、怒ってる……)

『君の事情はよくわからないが、私にはこの少女たちが君を侮辱しているということはわかる。逆らえない立場に置かれた者に、不利になるような証言を強要するなど、最低最悪の卑怯《ひきょう》者たちだ』

（だ、だめよフェーブル！　毒なんか入れちゃだめ！）

まさか本当に入っているとは思わなかったが、なんにせよこんなことで人死にを出すわけにはいかない。

『心配しなくても、数日腹を壊すような毒だ。ダメ押しに使うつもりだったんだろう』

（……殺す気まではなかったけど、やろうと思えばいつでもやれるってことを見せつけるつもりだったのかしら）

このお茶を淹れたのは、今はアリスの背後に控えている、手紙を持ってきたあの侍女だ。おそらくアリスの命令なのだろう。毒を混ぜることに躊躇《ためら》いもないとは。

（まあ、今の私には大した価値もないしね……）

これが例えば、王族などだったら、一家連座で縛り首になってもおかしくはないだろうが……。

そこまでメリーアンを悪者にすることが重要だというのだろうか。

メリーアンが考え込んでいると、フェーブルがふいっと指を横に振った。

小さな水の玉がアリスの紅茶に移動する。

（ああ、ダメ！　やめてフェーブル！　あなたは私の友人なんでしょう！）

『……』

（とにかくことを荒立てたくないのよ。私はここから無事エイダという侍女を連れて帰ることができれば、それで十分なの）

必死にメリーアンが説得すれば、フェーブルは不服そうにしていたが、どうにか毒の玉を消してくれた。

そのことにホッとしていると、ぼうっとしていると勘違いされたのか、アリスに棘のある言葉を吐かれる。

「聞いているのかしら。メリーアン？　自分で選択もできないなんて、やはりクロムウェル伯爵夫人にはあなたは相応《ふさわ》しくないわ」

「あ、ああ、はい。もちろん」

メリーアンが適当に返事をすると、フェーブルが冷たい声で言った。

『メリーアンに感謝するといい。あなたは毒を飲まずに済んだのだから』

しかし、とフェーブルはメリーアンを見て言った。

『リリーベリーが彼を呼びに行ったからもう大丈夫だよ』

（……？）

なんの話だろう。

そういえばリリーベリーはどこに？

お茶会が始まったあたりから見かけない。

薔薇でも見ているのかと思っていたが、そのあたりを確認しても、どこにもいない。

「それで、どうするのかな？　アリスの提案を飲んだ方が、君のためにもなると思うけど？」

ぼけっとしている（ように見える）メリーアンに痺《しび》れを切らしたのだろう。

棘のある声でリチャードがそう尋ねてきた。

メリーアンが口を開こうとした時。

「誰のためになるって？」

聞き覚えのある声がして、メリーアンは振り返った。

「！」

（……え？）

庭を突っ切ってここまでやって来たのは、礼装をした美しい男性だった。突然の出来事に、周りの使用人たちも困惑している。

「お待ちくださいませ！　アリス様に取り次ぎますので、どうかお待ちになって！」

「ここまで来たら一緒でしょう」

使用人たちが必死に男性を止めている。

「誰だ！　なぜ勝手に入って――」

リチャードが驚いて席を立つが、その男性の姿を見てポカンとした。

数秒遅れて、メリーアンもはっと気づく。

「え、エドワード⁉」

身なりを整えているせいで全く気づかなかったが、声や顔立ちは間違いなくエドワードだった。

もともと乱雑にしていても美しいと思えるような姿をしていたが、礼装を纏《まと》うと、一体誰だかわからないほどに神々しい容姿になる。

それこそ、まるで王族のような。

（なぜこんなところに、どうやって⁉）

メリーアンは慌ててしまった。

いくら整った容姿をしているからって、いきなりこの場に現れたら、不審者も同然だ。

「エドワード、何をしているの⁉」

「大切な君が先に行ってしまうからだろう？」

「は⁉」

立ち上がって駆け寄ってきたメリーアンの腰を抱くと、エドワードは親しげに耳元に口を寄せてきた。

（話を合わせとけ）

耳元で囁《ささや》かれ、メリーアンは硬直した。

何がなんだかさっぱりわからない。

侯爵家に勝手に乗り込むなんて、牢《ろう》にぶち込まれてもおかしくない行いだ。

しかしアリスとリチャードは、エドワードの姿を見て硬直していた。

「ま、まさか……」

リチャードはごくりと唾を飲んだ。

「第三王子、エドワード殿下であらせられますか⁉」

エドワードは久しいな、と神々しい笑顔を浮かべてみせた。

その場にいる全員が、衝撃を受けたような顔になる。

おうじ。

王子？

第三王子？？？？？？？？？

メリーアンの頭の中に、王子という言葉が反芻《はんすう》される。

その意味が理解できなくて、メリーアンは混乱してしまった。

（エドワードの気が狂ったんだわ！）

アリスとリチャードは、親しげな二人の姿を見て、何かを察する。

一方で、メリーアンはエドワードの頭がとうとうイカれて、自分を王子だと勘違いしているのだと思い、真っ青《さお》になっていた。

「し、失礼しましたッ！」

アリスとリチャードが頭を下げる。

「いいや。突然押しかけてきた私が悪いんだよ。あまりにもメリーアンが愛おしくてね。座っても？」

「もちろんです！」

アリスとリチャードは、石のようにかちこちになった。

一方、戸惑いが抜けないのはメリーアンだ。

（え？　待って、王子って本当だったの？）

混乱しまくっていたメリーアンの身に、キキキッと甲高い笑い声が聞こえてくる。

『メリーってば知らなかったの？　エドワードってば、アストリア王の血を継いでいるのよ。しかも二百年前の王の顔にそっくり！』

（そんな、まさか……）

青くなるメリーアンに、フェーブルが静かに告げた。

『彼の本名はエドワード・アストリア。エドワード・キャンベルは、偽名だと言っていたぞ』

メリーアンは、アリスとリチャードと一緒になって、気絶しそうになった。

どこかで見かけたことがあると思っていたのだ、ずっと。

（そうよ、なぜ気づかなかったのかしら）

メリーアンとて貴族の端くれだ。

何度か王宮の舞踏会に参加したことがある。

（エドワード……殿下のご兄弟を何度か見かけたことがあったのよ！）

王族は銀色の髪に紫色の瞳をした、整った容姿を持つ者が生まれることが多い。エドワードの姿は、いつか遠目に見た王太子殿下にそっくりだった。それこそ彼を数歳若返らせたような。

（私……私、なんて馬鹿だったのかしら。普通の貴族が王都にあんな豪邸、構えられるわけがないじゃないの……）

今更気づいて、メリーアンは再び真っ青になってしまったのだった。

＊

第三王子エドワード・アストリアは、生まれながらにして強大な魔力を持つ、クラス9の魔導士だ。

現在アストリア国は、海の向こうにある砂の帝国〝オルガレム〟と戦争状態にある。戦争状態というか、ミアズマによって混乱していたアストリアに、オルガレム帝国が一方的に手をかけてきているだけなのだが。つまりアストリアは自衛戦争を強いられていた。

本来のアストリアなら、オルガレムに圧勝していたことだろう。

砂漠の国オルガレムと違い、アストリアにはありとあらゆる資源があり、長年積み上げられてきた知識と経験がある。

しかしそれ以上に、アストリアにはフェアリークイーンの残した魔法があった。オルガレムには魔法も豊かな資源もない。だからこそこの豊かな大陸を狙《ねら》うのだろうが。

魔導士たちは国内のミアズマの対処や研究に追われるか、戦争に動員されるかが多い。魔導士たちのおかげで、アストリアはオルガレムの魔の手から守られているのだ。

そしてエドワードは、この自衛戦争で〝アストリアの英雄〟とまで呼ばれた、非常に重要な立ち位置にいる魔導士だった。

彼のおかげで救われた沿岸部の都市は多い。

しかしエドワードは、数年前に戦争によって大怪我《けが》を負ったため、軍人を引退したという。今は公爵位を賜り、領地で静かに暮らしているとのことだった。

＊

「そ、それで、一体どうしてエドワード殿下が、こちらに？」

気を失いそうになっていたメリーアンは、アリスの震える声で我に返った。

四人は今、再び東屋に戻り、見かけ上は円満なお茶会をしていた。

「何、簡単な話ですよ」

エドワードはぐいっとメリーアンの肩を引き寄せる。

「うひゃぁ⁉」

「私の大切な人の様子が気になってね。どうやら最近、根も葉もない噂を流そうとする者がいるようで、私も警戒しているんだ」

アリスとリチャードは、完全にメリーアンたちの関係を勘違いしているようだった。

（従業員として大切なのよ……）

何がどういうふうに大切かは言っていないので、まあ嘘ではない。

「そ、そんな……一体どういうこと？」

アリスは動揺を隠せていなかった。

ただの貧乏男爵の娘だと思っていたメリーアンが、第三王子の恋人だというのだ。聖女ララは尊い存在ではあるが、流石に王子の方が立場は上だ。

メリーアンをいいように使おうと思っていたのに――それこそ王家も反対しないだろうと踏んでいたのに――手のひらを返すように、メリーアンを保護するというのだ。

「メリーアンはすでに婚約解消に同意している。どうやらクロムウェル伯爵の方で何か手違いがあって書類を提出できていないようだがね」

「う、うそ！　だってララ様が……」

「嘘？」

エドワードは、ぎろりと例の鋭い瞳でアリスを睨《にら》みつけた。

「あなたは私が嘘をついていると？」

「ひ……ちが……」

「聞き齧《かじ》りの情報ばかりでなく、その目でしっかり見届けよ。メリーアンが、嘘をついているように見えるのか？」

そう言って、エドワードはメリーアンの肩を抱き寄せた。

「も、も、申し訳ございません」

アリスもリチャードも、深く頭を下げる。

あれだけ盲信していたララの言葉より、エドワードの言葉を飲んだ。

「この件はメリーアンだけでなく、ララの威信にも関《かか》わることだ。内密にし、ことが落ち着くまでは公にするなと、陛下と話し合ってきたところだよ」

「ひ……！」

メリーアンとアリスが、同時に悲鳴を漏《も》らした。

（陛下と、ですって……⁉）

「このことは決して口外しないように。良いな？」

「は、はいっ！」

「それから、私のメリーアンを悲しませてみろ。ただではおかない」

エドワードの冷たい微笑みに、アリスたちは震え上がっていた。

メリーアンは冷や汗を拭いながら、ふと毒の抜かれた紅茶に視線を落とす。

（……ダメ押しよ）

「……素敵な紅茶をありがとうございます。すっかり冷めてしまいましたけど、いただきますね？」

「あ、ああ……ごめんなさいっ！　ごめんなさい！」

アリスは髪を振り乱して、メリーアンの手から紅茶を叩き落とした。

茶器が割れる音がする。

メリーアンは微笑んだ。

「エイダに久しぶりに会いたいんです。どうぞよろしく」

「…………」

アリスは地面に崩れ落ちた。

＊

誰もが呆然とする中、お茶会は無事に幕を閉じようとしていた。

けれどまだ納得していないのは妖精たちだ。

『寄ってたかって、私の友人を侮辱した罰は受けてもらおう』

さあ帰るかというところで、フェーブルがそんなことを言い出した。

『あの女、いちごの蔓《つる》で首を締めてギッタンギッタンにしてやるわ！』

（やめて二人とも！　もうエドワードが十分にやってくれたわ）

『なあに。頭を冷やすだけだよ』

ふと気づくと、リチャードとアリスの頭の上に、大きな水の玉が浮かんでいた。フェーブルが指でひょいひょいとそれを動かしている。

（ダメだってば、フェーブル！）

メリーアンはその時、水の玉を見上げて、それが霧散するように祈った。

その瞬間、水の玉が一瞬、霧のように揺らいだ。

『！』

フェーブルが息を呑む音がした。

（何、今の……まるで私が、動かしたみたいな……）

『これは……』

フェーブルの気が逸《そ》れたからなのだろうか。

水の玉は小さくなりつつも、突然パシャンと音を立てて落下してしまった。

……リチャードの股間に。

（ウワアアアアアアアッ!?!?!?）

メリーアンは思わず口を押さえた。

メリーアンが帰り支度をモタモタしていたせいか、先に歩き出そうとしていたエドワードが振り返って、小声でメリーアンを呼び寄せる。

（おいお前ら、何やってんだ。帰る――）

「は？」

しかし目の前の光景を見て、流石のエドワードもポカンとした。

（これじゃまるで――リチャードが失禁したみたいじゃない！　あああ、リチャードの尊厳が！！！）

先ほどのやりとりは、メリーアンと妖精たちしか知らない。

予想外の失禁（？）に、流石のエドワードも動揺する。

「ち、ち、違うんです殿下！　これはいきなり水が……！」

「……私も言いすぎたようだ。ゆっくり休むといい」

「違う！　信じてください！」

エドワードは可哀想なものを見るような目をして、メリーアンの腰を引いて歩き出す。

「ぎゃー⁉　何よこれ！　いちごの蔓が！」

またしても悲鳴。

振り返れば、爆笑するリリーベリーと、ヒステリックな叫び声をあげるアリスが目に入った。

『ムズムズいちごよ。ひと月はかぶれて、足が痒《かゆ》くてまともに眠れないでしょうよ！』

べー！　とリリーベリーはアリスの目の前で舌を出す。

「行くぞ」

エドワードは気にせず歩き出した。

メリーアンもこくこくと頷いて、早足で庭を去ったのだった。

＊

「エイダ！」

馬車の前に、不安そうにオロオロとしている女性がいた。

メリーアンは懐かしいその姿を見た瞬間、思わず駆け寄っていた。

「お嬢様⁉」

「よかった！　よかった、無事で……！」

エイダを抱きしめると、ようやく彼女も実感が湧《わ》いたのか、抱きしめ返してくれた。

「一体なぜ、お嬢様がここに……！」

「色々あったのよ。あなたこそどうしてここに？」

「……先ほど、馬車の前で待機しているようにとこの家の者に言われました」

エイダは戸惑ったように馬車とエドワードを見た。

「でもあの、これって……」

馬車の豪華さを見て、エイダは顔を引き攣《つ》らせていた。

流石のエイダも、何か察したのかもしれない。

「この人は……この人は、えっと」

説明に困る。

「とりあえず乗ったらどうだ？　一旦屋敷に戻ろう」

エドワードにそう言われ、メリーアンは頷いた。

「そうね。エイダ、荷物を全部持ってきて。ここから出ましょう」

エイダはこくこくと頷いた。

＊

「そんなことが……」

馬車の中。

事情をエイダから聞いたメリーアンは、眉を寄せて唸《うな》った。

どうやらエイダはララの反感を買って屋敷をクビになった上、魔法をかけられて気がつけばクラディス侯爵家に連れてこられたというのだ。

ひどい扱いは受けなかったようだが、随分とやつれているように見える。精神的に疲弊してしまっているのだろう。

「メリーアンについて尋問されたというのは？」

エドワードに尋ねられ、エイダは疲れたように言った。

「屋敷でのメリーアン様の振る舞いや、領地の様子、聖女様とメリーアン様のやりとりについて。色々と聞かれました」

でも、とエイダは胸を張って言う。

「私、一言も答えませんでしたよ」

胸を張ってそう言うエイダに、メリーアンは泣きそうになった。

「私のことなんて、どうだってよかったのよ！　なんだって言えばよかったのに」

秘密にしていることなど、これっぽっちもないのだから。

「いいえ。私は少しでもメリーアン様の不利になるようなことを言いたくありませんでした。自分でもその不利になるようなこと、というのがわからないのですから、口を割らずにいて正解でしたよ」

「エイダ……」

自信を持ってそう答えるエイダに、メリーアンはなんとも言えない気持ちになった。

「ですが本当に、お嬢様が無事でよかったです。あの家の人たちは……なんだか少し不気味でしたから」

「不気味？」

「ええ。みんなララ様、ララ様と彼女のことを持ち上げて、崇拝していました。確かに聖女様は立派な人ですが、あんな、まるで神様を崇拝するみたいな……」

エイダは身震いした。

それはメリーアンも感じたことだ。

あのララに捧げる忠誠は、一体なんなのだろう。

「あんた、あの屋敷でヘリオトロープ——香水草を見なかったか？」

腕を組んで考え事をしていたエドワードが、エイダに尋ねた。

エイダは面食らったような顔をする。

「見なかったかって……あんなにヘリオトロープの香りがしていたではありませんか」

「ヘリオトロープの香り……」

（そうだわ。あの薔薇園、なんだか匂いが他とは違うと思ったのよね）

メリーアンはあの違和感に今更納得した。

エイダは顔をしかめて言う。

「中庭は薔薇で溢れているようでしたけど、屋敷のあちこちには香水草が飾ってありました。あの匂いで頭が痛くなるくらい！」

エドワードはクシャリと髪をかき上げて、深いため息をついた。

「……事情はよくわかった。二人とも、屋敷に着いたらまずはゆっくり休め」

いつの間にか、公爵邸の近くまで来ていたようだ。

あそこよ、とメリーアンが屋敷を指で差して示すと、エイダは二度見して、真っ青になった。

（お嬢様！　これなんなんですか⁉）

（彼はとってもお金持ちなのよ）

そのうちバレるだろうが、今エイダに事情を話したら、心臓発作でも起こしそうだ。昨日のメリーアンと全く同じような反応をするエイダに、思わず苦笑してしまったのだった。

＊

「それで、何から話せばいいのでしょうか」

公爵邸の客室。

エイダを休ませた後、メリーアンはエドワードと向き合っていた。

「エドワード……殿下？」

「頼むから、その呼び方はやめろ。虫唾《むしず》が走る。今まで通りエドワードでいい」

「ですが」

「やめろと言っている」

エドワードは本気で嫌がっているようだった。

「今更だろ？　それにこの屋敷で俺のことをそんなふうに呼んでいる奴《やつ》がいたか？　俺の命令だ。今まで通りに接してくれ、頼むから」

「……」

（本当だったら、もう首がいくつあっても足りないくらい失礼なことをしちゃってるのよね、私）

エドワードの言う通り、今更だ。

メリーアンはため息をついた。

「……わかったわ。エドワード」

「そう。それでいい」

エドワードは満足げに頷いた。

「エドワードはもしかして、私の事情を全部知っていたの？　その……聖女様とのこととか」

「それについては、あんたと会ってから調べた。だからまあ、知ってたっちゃあ、知ってた」

「……どうして色々と黙ってたの？　あなたの身分のことや、私の事情を知ってるってこと」

「それが何か、博物館の夜間警備に、関係あったか？」

「それは……」

確かにメリーアンがエドワードのことを何も知らなくたって、問題はなかった。ここに来た時、心臓が止まりそうになっただけだ。

「俺は別に、自分の身分なんてどうでもいい。大学職員のエドワード。夜間警備員のエドワードでいるのが好きなんだ」

「……あなたはどうして色々な顔を持っているの？」

メリーアンがそう尋ねると、エドワードはしばらく黙った。

それから泣き笑いのような……うまく言えないが、悲しみを含んだような笑みを浮かべて、言った。

「もともと教職につきたかったが、魔力が高かったから、そうもいかなかった。夜間警備員になったのは、俺もフェアリークイーンに選ばれたからだ」

「……」

「いいだろ？　自由になった今くらい、好きなことをしたって」

――力の強い魔導士は、強制的に戦場へ派遣される。本人の意思がどうであれ。

第三王子エドワードがアストリアの英雄と呼ばれ、数々の功績を残したことは、国民であれば誰でも知っていることだ。しかし本当のところ、もしかしてエドワードは英雄になど、なりたくなかったのではないのか。

（私たちの関係では、まだ、深く尋ねちゃいけないことだったんだわ）

メリーアンはセンシティブな話題だと判断し、それ以上深掘りするのをやめた。

「今日は悪かったな。着くのが遅くなっちまって」

「いいえ。あなたがいなければ、最悪殺されていたかもしれないわ」

フェーブルが毒を抜いてくれていたことを話すと、エドワードは顔をしかめた。メリーアンは深いため息をつく。

「本当にごめんなさい。あなたの前でこんなことを言うのは無礼すぎるってわかってるんだけど……正直なところ、私は王家がアリスをそそのかした可能性もあるんじゃないかと思っていたの」

王家との関係改善をエサにして、クラディス家にメリーアンを脅すように命じた可能性も、十分に考えられた。

王族の前でなんと無礼な話をしているのかとメリーアンは冷や汗を垂らしたが、エドワードは特段気にしていないようだった。

「午前中陛下と謁見したが、あんたを害するような意図は何も感じられなかったぞ。そもそもの話、あんたがフェアリークイーンに選ばれた時点で、俺が王宮に報告した。すでに保護命令が出ている」

「ええっ⁉　そうだったの？」

メリーアンは仰天した。

「当たり前だ。いいか、妖精の展示室の管理人は、この国で最も重要な職業の一つだ。代々国王は、フェアリークイーンをこの地に戻すことを悲願としている」

「……あの、エドワード？」

「わかってる。あんたの言いたいことは」

エドワードは頭が痛そうに首を横に振った。

(戻すって……クイーンはそういうものじゃないわ)

妖精は、おそらくこの地上に住むどの生命よりも高い知能を有している高位の生命体だ。人間が制御し、従えられるものではない。

「……少なくとも、今代ではクイーンは戻ってこないだろうよ」

そう言ってエドワードは肩をすくめた。

向こう千年は無理なんじゃないか、とメリーアンは口を滑らせるところだった。

「話を元に戻そう。とりあえず状況を説明する」

エドワードからの情報をまとめるとこうだ。
・すでに王家はメリーアンが妖精の展示室の管理人候補であることを知っている。エドワードが報告した（これはエドワードの独断ではなく、管理人候補が現れればすぐに国王に報告するのが義務のようだ)。
・王家は今回のクラディス侯爵家の行いには関わっていない。
・そもそもの話、メリーアンが管理人候補となった時点で、メリーアンの身の安全を優先している。
・メリーアンと聖女のゴタゴタに関しては、当人らで解決するように手出しはしない。

「ねえ、それって本当なの？」

「何が」

「その……王家が、ララとユリウスの結婚に関与していないっていうのは」

王族本人に聞くのは気まずすぎたが、メリーアンは思い切って聞いてみた。

そもそもの話、クロムウェルを飛び出してきたのは、王家による暗殺も視野に入れていたからだ。

「あんたが妖精の展示室の管理人になってからはな」

「……」

メリーアンの頬に冷や汗が伝った。

（それじゃあ……それまでは可能性があったってことじゃないの……）

なんにせよ、あの屋敷を飛び出してきて正解だったのだ。

「あんたが婚約解消をごねれば、何かしらアクションはあったかもしれねぇ」

「……」

「聖女とクロムウェル伯爵を結びつけておくことの利点は多いからな」

「……エドワード。さっきからあなたの立ち位置がよくわからないわ」

エドワードだって王家側の人間だ。

こんな事情をペラペラとメリーアンに話していいわけではないだろうに。

「……俺は王家とはある程度距離を置いている。ブレイズ公爵エドワード。それが今の俺だ。信じる信じないはあんた次第だが、俺が嘘をついたって、何も得はねぇだろうよ」

どこか冷めたような物言いに、エドワードの複雑な生い立ちを感じる。

（でも、それはまあ、確かに……）

今日のことではっきりした。

エドワードがメリーアンの味方であるということは。

メリーアンを無理やり従わせようとするクラディス侯爵家と、はっきりと対立したのだから。

（もし王家がララの肩を持つなら、エドワードの立場は危ういものになるものね）

それにしたって、王家の立ち位置は曖昧だ。

「メリーアン。あんたが思っているよりも、王家は残酷だぞ」

「……え？」

「気をつけろ。あいつらは損得勘定でしか動かねぇ」

「それは……私が管理人ではなくなったら、また命を狙われる可能性があるってこと？」

「……離縁していれば大丈夫だ」

エドワードの言葉に思わずメリーアンは身震いする。

「ありえねぇだろうがその逆も然りだな。聖女が力を失えば、王家は一気に聖女から手を引くぞ」

（ありえないわよ）

メリーアンはため息をつく。

「でも、私とユリウスの婚約解消の書類は、まだ受理されていないって」

「ああ。どうもクロムウェル伯で止まっているみたいだな」

（一体どうして？）

ユリウスが躊躇《ちゅうちょ》する意味がわからない。

早く婚約解消してもらわないと、困るのはメリーアンの方だ。アリスのように、メリーアンに危害を加える輩《やから》が今後どれだけ出てくるか計り知れないのだから。

焦燥感に駆られるメリーアンを宥《なだ》めるように、エドワードはグラスにワインをついだ。

「ほら、飲めよ。少しは落ち着く」

「……どうもありがとう」

メリーアンはぼうっと考え込みながら、ワインを煽《あお》る。

「書類が受理されていないのも問題だが。アリスたちのあの態度も随分なもんだぜ」

そうだった、とメリーアンは頭を抱えた。

「ねえ、一体彼女たちはどうしてそこまで私に固執していたのかしら？」

ワインを煽りながら、メリーアンは首を傾げる。

「王家から命じられたのではないのなら……私を従わせることで、王家に恩を売りたい可能性もあると思ったのだけれど……違う？」

恩を売る、とまではいかなくとも、信頼を多少回復できることにはなるのではないか。メリーアンはそう考えた。

それにしたってアリスのあの異常なララへの崇拝ぶりは気になるが。

「あながち間違いじゃねぇ。ただあいつらが恩を売りたいのは、正確にはベルツ公爵家に対してだ。

今回のことが成功したら、ベルッ公爵が陛下にクラディス侯爵家を再び宮廷に戻すよう進言する、とかなんとか、約束していたみたいだな」

なるほど。確かにベルッ公爵は自分の手を汚さすに、クロムウェル領の恩恵を受けることができるし、クラディス侯爵は再び宮廷に舞い戻れる機会を得ることができるかもしれない。

「ただ、今日でその問題は解決したわね。エドワードのすっごい演技のおかげで」

「演技？　俺はいつだってあんなだぜ」

おどけて見せるエドワードに、メリーアンは少し笑う。

「……だが、少し心配なことがある」

「心配なこと？」

「ああ」

エドワードは頷いた。

「〝報われない忠誠とヘリオトロープのレジェ〟って知ってるか？」

アストリアは多神教国家だ。

神の数だけ神殿があり、信仰がある。

メリーアンが世話になっている〝時とアルストロメリアのクロノア〟もその神々の一柱だ。神は良き信仰者には自分の力を分け与える。神聖術と言われるそれは、信仰の厚いプリースト以上の階級の者でしか、発現させることができない。

「レジェはリルレナに仕える神よね？」

「そうだ」

〝純真とコスモスのリルレナ〟は聖女ララを輩出した神の名だ。

ララはリルレナに仕える聖女だった。

リルレナは美しく純粋無垢《むく》な女神で、疑うことを知らない。そんな彼女を守るために生まれたのがレジェだと言われている。

「私、正直なところ、リルレナもレジェも、どういった教えがあるのか、よく知らないのよ」

「だろうな。あのあたりの神は実際に信仰を持たないとその教義がわからないそうだ。王家にでさえ、その教義の詳細は公開されていない」

例えばクロノアの教えの中には、〝時は道。心は色〟と言われる有名な教えがある。

人は時間という道を歩く中、悲しみや怒りといった感情を抱く。けれどそれらは道の途中の風景でしかない。だからこそ悲しみは乗り越えるのではなく、時間に任せる……というものだ。

クロノアの神殿には、悲しみを抱えた人が多くやってくる。

メリーアンも意図せず神殿に足を踏み入れた一人だが、悲しみに押し潰《つぶ》されそうになった時、その教えには何度も助けられた。しかしリルレナはどういった教えがあるのか、謎に包まれている。

「リルレナの神殿を統括しているのは、わずか十四歳の少女らしい。俺も会ったことはないが、世間もよく知らない、本当に無垢《むく》な子どもだと聞く」

「……」

メリーアンはララのことを思った。

(彼女……もしかして、本当に悪意がなかったのかしら)

メリーアンの前で腹を撫で、ユリウスに甘えるあの姿。

側から見れば嫌味としか思えない行為だが、彼女の仕える神のことを考えると、あれは本当に悪意も何もなく、純粋に自分のやりたいことをやっていただけなのかもしれない。

「で、レジェっつーのはそんな無垢なリルレナ教徒を守るためにいるような存在だ。こっちはわかりやすい。その名の通り、報われなかろうが、忠誠を貫くことこそがこの世で最も尊い行いだという教義を持っているらしい」

「……」

メリーアンはエドワードが言いたいことに気づいて、顔を歪《ゆが》めてしまった。

「アリスの、ララへのあの狂信的な態度は……」

「ああ。アリスはレジェに信仰を持ったんだろうな」

アリスだけじゃない。

ララのそばにいるローザとかいう侍女もそうだ。

ララはリルレナの聖女であるから、彼女の周りには必然的にレジェの信徒が多くなるのだろう。

(ん?　ちょっと待って……)

メリーアンの中に、わずかな違和感が生まれた。

(レジェは忠誠、リルレナは純真。それって、ララは……)

考えたいのに、頭がだんだんクラクラしてきて、思考がなかなかうまく働かない。

「とにかく、今回のことに王家は関係していない。アリスの独断という線が濃いだろう。だからこそ、今後も気をつけた方がいい。レジェの信徒なら、ララのためならなんでもやろうとするだろうからな」

「私はある意味では安全だし、ある意味では安全ではないってこと？」

「……王家はお前に手を出さない。レジェの信徒は知らん。そういう意味なら、その通りだ」

「冗談じゃないわ！」

メリーアンは顔を真っ赤《か》にして叫んだ。

「つまりあらし、最低最悪の状況ってことらない！」

「お、おい、メリーアン、どうした……ってあんた、いつの間にこんなに飲んだんだ⁉」

空っぽになったワインボトルを見つけて、エドワードはギョッとした。

「ユリウス！　あらたなんて女と浮気《うわき》してくれたの⁉　あらし、レジェの信徒にぶっ殺されるかもしれらいじゃらいの！」

「落ち着けよ。ほら、グラスを置いて」

「嘘つき。嘘つき。結婚しようって言ったくせに！」

メリーアンはすっかり酔っ払っていて、自分が泣いていることに気づかなかった。

「絶対絶対許さらいんだから！　ヒック」

どこか遠くで、慌てて駆け寄ってくる足音が聞こえてきた。

騒ぎを聞きつけたエイダが、部屋に飛び込んできたのだ。

「メリーアン様にお酒、飲ませたんですか⁉」

「あ、ああ。落ち着くかと思って」

「ダメですよ飲ませちゃ！　メリーアン様はひどい酔っ払い方をするのが大概なので……うひゃ！」

「うあああ！　なぁにが聖女よ！　このっ、泥棒猫ーーー！！！」

メリーアンの絶叫とめちゃくちゃに暴《あば》れ回る騒音が公爵邸に響き渡ったのだった。

＊

「ううう……気持ち悪い……」

次の日。

メリーアンは二日酔いですっかりダウンしていた。

本来ならオリエスタに戻る予定だったが、この様子では無理だろうと、もう一泊公爵邸に泊まることになった。

「ごめんなさい、エドワード……」

そばにいたエドワードに、弱々しく声をかける。

「もう私、この家に二度と足を踏み入れることはできないわね……」

「そんなわけあるか。俺の方がもっとひどいことをやってるさ」

エドワードは濡《ぬ》らしたタオルを絞ると、メリーアンの額に置いてくれた。

昨日はそれこそ「最低最悪」な行いをしてしまった。

酔っ払っていたとはいえ、暴言を吐きながら暴れ回るなんて、もう二度と淑女だとは名乗れないだろう。……名乗ったこともないが。

メリーアンは夢うつつの状態で、エドワードに尋ねた。

「ねえ、私のこと、嫌いになった?」

「全然。面白かったぜ。『この泥棒猫!』って、まさかそんなセリフ聞くとは……おっと」

力なくメリーアンがエドワードを叩くと、クスクスと彼は笑う。

「安心しろよ。あんたの事情は知ってるから。アンバーたちもなんか察したのか、心配してたぞ」

「……」

(ここの人たちって、なんでこんなにいい人なんだろう)

メリーアンはぐるぐる回る視界の中、そんなことを思う。

「……エドワードは、どうしてこんなに私によくしてくれるの?」

「それは……」

エドワードは一瞬、言葉を詰まらせる。

「私をあなたの恋人みたいにして、困るのはあなたなのに。ちょっとやりすぎじゃない?」

「……」

エドワードは、なぜか口籠《くちご》もった。

けれどメリーアンは、微笑む。

「わかっているわ」

「え？」

「エドワードってば、博物館が大事なのよね」

「は」

メリーアンは一人で勝手に納得していた。

「従業員が減っちゃうのは、痛いものね。大丈夫よ、私、やれるだけやるわ。あなたに借りた恩は、絶対返すから……」

「お、おう」

エドワードは、なぜかガクッとなっていたのだった。

＊

「お嬢様、どうかお体にお気をつけて」

「ええ、大丈夫よエイダ。体だけは昔から強かったじゃない」

半泣きになるエイダの背を撫でて、メリーアンは微笑んだ。

「それより、私のせいでごめんなさい。こんなことに巻き込んでしまって」

「いいえ、いいえ！　私は自分の信念のもと、行動しました。後悔などちっともありません」

エイダは胸を張った。

「それにこんなにいい働き口を紹介してもらったんです。今よりも腕を磨いて、いつかお嬢様の侍女として戻ってきますから……！」

すっかり二日酔いから覚めたメリーアンは、オリエスタに帰ることになった。エイダを今クロムウェル領に帰すのは危険だと判断したメリーアンは、彼女を一緒にオリエスタに連れて帰るつもりだった。しかしエドワードが、安全で素晴らしい働き口を紹介してくれた。

なんと、公爵邸で雇ってくれることになったのだ。ど田舎のオンボロ屋敷の侍女からの、大出世である。

「このアンバーがしっかり教育しますからご安心ください。将来公爵夫人付きの侍女になれるよう、立派に教育してみせますよ」

おほほ、とアンバーは笑う。

メリーアンは頬を引き攣らせて、適当に誤魔化した。

違うと何度も言っているのに、この世話焼きな人は、全く話を聞いてくれないのだ。

屋敷の者たちに挨拶したところで、ちょうど準備を終えたエドワードがやってきた。最後の挨拶をと、馬車に乗ったメリーアンにエイダが声をかける。

「領地の方はガイやレオンたちがしっかり守ってくれていますので、ご心配なく」

「ええ、きっとそうだと思ったわ」

「ただ……」

ふと、エイダは表情を曇らせる。

「？　どうしたの？」

「いえ、少し気になることが」

エイダは少し悩むような顔をして言った。

「……クロムウェル領を出る前、魔物を見たのです」

「えっ？」

「クロムウェル領はミアズマランドでしたので、最もミアズマの影響が強い土地です。だから魔物の生き残りがまだいるんだと思います」

「そうだったの……」

（本当に、それって生き残りなの……？）

メリーアンの心に、一抹の不安が芽生えた。

「ですが、レオンたちが頑張ってくれています。騎士団がいるなら、きっと大丈夫ですよね？」

「……ありがとう。そうね、彼らなら絶対に大丈夫」

メリーアンは自分に言い聞かせた。

そうこうしているうちに、馬車が出発する。

「メリーアン様！　手紙を書いてもいいですか！」

「もちろん！　またすぐに会いましょう！」

メリーアンはお世話になった公爵邸の人々とエイダに大きく手を振った。

小さな不安を抱えながらも、馬車はオリエスタへと進む。

＊

「そりゃおかしな話だな」

馬車でエイダから聞いたことをエドワードに話せば、彼は首を捻《ひね》った。

「過去の資料によれば、ミアズマランドが消え去ったと同時に、魔物も消滅したとあったが……」

しかしもう百年近く前の資料だ。

確実性はないかもしれない。

「……ララは全てのミアズマランドを浄化したわ。それなら魔物が消えてないとおかしいんじゃ……」

エドワードは頭をガシガシと掻《か》いた。

「浄化しそびれた魔物もいたのかもしれねぇ。何しろかなり前の資料だからな。もう少し調べさせてみるか。それと、他のミアズマランドの状況も確認しよう」

「……ありがとう、エドワード」

(ただの生き残りだったらいいけど……)

エドワードにお礼を言いつつ、メリーアンは何事もありませんように、と心の中で祈ったのだった。

＊

馬車は順調にオリエスタまでの道を辿っていた。

エドワードは少し疲れたのか、船を漕いでいる。

(本当、この人が王子だなんて、信じられないわよね)

口が悪いエドワード。

礼儀正しいエドワード。

夜間警備員で、大学職員のエドワード。

（……でも、優しくて、面白い人だわ）

そう思って微笑んだところで、ポケットに入れていた鍵が熱を帯びた。

妖精たちがこちらへ来たがっているのだ。

メリーアンは扉を開けて、妖精たちを馬車の中へ呼んだ。

フェーブルとリリーベリーが、興味深そうに馬車を見回す。

その様子を見て、メリーアンは重要なことを思い出した。

「しまった！　リチャードの失禁は勘違いなんだって、エドワードに説明するのを忘れてたわ！」

何か忘れていると思っていたのだ。

『黙っとけばいいじゃない、そんなの。もともとあいつらが悪いんだからさ』

リリーベリーが鼻を鳴らしてそう言った。

「でもリチャードの尊厳が……」

『メリーってほんと、お人好しね！』

「流石にあの勘違いはひどすぎるわよ」

メリーアンはそう言いつつ、二人に礼を言った。

「二人とも、あの時は一緒についてきてくれて、ありがとう。二人がいなかったら私、きっと冷静ではいられなかったわ」

『……君が無事でよかった。私はまだあの二人を許していないがね』

「フェーブル。でもダメよ。もうあんな、水をぶっかけるようなことはやめてね。みんなびっくりしちゃうから」

『ああ。もうしないよ。君が自分でやればいい』

「私が？」

『ああ。君はもう、水を自由に操《あやつ》れるのだから』

「……？」

メリーアンはフェーブルの言葉が理解できなくて、首を傾げた。

（そういえばあの時、水の玉が揺れたのよね）

リチャードの股間に水の玉が直撃した時のことを思い出す。

『君にも魔法が使える。どうやら私と君は相性がいいようだ。私の力を、君と共有できるようになった』

「へっ？」

魔法が使える？

どういうことだとメリーアンが首を傾げると、フェーブルが微笑んで言った。

『水の玉を作ってごらん。空中にある見えないほど小さな水滴を、手のひらに集めるイメージだ』

「……まさか」

メリーアンは苦笑いしつつ、フェーブルの言葉に従った。

（あれ？　なんだろう、この感覚……）

奇妙な感覚がメリーアンの体に宿った。

うまく言えないが、メリーアンは何か、大きな力のようなものを体の中に感じた。……いや違う。メリーアンの体の中にあるわけではない。どこか別の場所にある湖のように大きな力を、自分の元へ引いてきているような、そんな感覚だ。

フェーブルがメリーアンの手に触れた。

（なんだか、フェーブルが力の使い方をガイドしてくれているみたい……）

そう感じた瞬間、メリーアンの掌に、ふわりと小さな水の玉が浮かんだ。

「！　これ、は……」

『私は何もしていないよ。君がやったんだ』

フェーブルがそう言って微笑む。

キラキラと輝く水の玉を見ながら、メリーアンはだんだん夢から覚めるように、目の前で起こっている現象を理解し始めた。

（え？　待って、これ私がやったの？　は？）

どう見ても水の玉はメリーアンの手の上に浮かんでいる。

メリーアンの動揺に共鳴するようにして、その大きさを不安定に変えていた。

『メリー、私の魔法もきっと使えるわよ！　いろんなイチゴを育てられる、緑の魔法よ！』

リリーベリーが嬉しそうにそう言った。

『マグノリアもそうだった。まさか連続して、ここまで相性がいい者が現れるとは』

なぜか嬉しそうな二人をよそに、メリーアンは冷や汗をかいていた。
(そんな……私にも魔法が使える……?)
貴重な魔法が?
幼い頃からこれっぽっちも魔力がなかったメリーアンが?
メリーアンの元に、遅れて驚愕《きょうがく》がやってきた。
「えええええーっ!?」
メリーアンの叫びで、船を漕いでいたエドワードが、ビクッと目を覚ましたのだった。

閑話　麦畑のララ

ララの一番古い記憶は、母に連れられて見た、黄金の麦畑だ。

「見てごらん、ララ。この麦畑はね――……」

母はその時、何か言っていたような気がする。

けれど麦畑を夢中になって眺めていたララは、母の話を聞いていなかった。

……あの時、母は何を言っていたのだろうか。

＊

ララは生まれた時から特別な子どもだった。

両親はごく普通の農家で、容姿が特出して美しいというわけでもない。

だからこそ、ララが生まれた時、周りの者たちは驚いた。

あまりに美しく、清らかで、両親のどちらにも似ていないララを、きっと神様の子どもに違いないともてはやしたのだ。

父は早くに亡くなった。

もともと持病があり、ミアズマの影響を受けてしまったのだろう。

それでもララは、一度として苦労をした覚えはない。

なぜなら周りの者たちが、ララのためにと全てよくしてくれたからだ。

「ララ。これを当たり前だと思ってはいけないよ」

母はそう言って仕事に精を出していたが、まだ幼いララはその意味をよく理解していなかった。生まれた時から、誰からも可愛《かわい》がられてきたのだ。自分のためにと動き回る者たちのことしか、ララは知らなかった。自分のために動かない者などいないのだと、幼いながらに思っていた。

歳《とし》を重ねるごとにその美しさは輝かんばかりになり、ララは村中の男たちを魅了するようになった。中には男たちの心を奪うララに怒って、意地悪をする女もいたが、そういう女たちは村中の嫌われ者になって、いつしかララに意地悪をしなくなった。

男たちは皆、そういう輩は皆ララに「嫉妬《しっと》」しているから、ララは何も悪くないと言い、慰めてくれた。

（ああ、そうなのね。全ては〝嫉妬〟なんだわ。可哀想《かわいそう》な人たち……）

ララは本当に、なんの悪気もなかった。

男たちからプレゼントを受け取るのも、誘われれば二人きりで遊びに行くのも。もちろん、話す以上のことは何もしていない。男たちはぼうっと、ララに見惚《みほ》れることが多かった。

純真無垢とは彼女のことを言うのだ。

どんな困難があっても、周りが勝手に解決してくれた。

だからララは悪いことをしたこともなければ、逆に誰かのためになるようなことも、ほとんどしたことがなかった。

（流れに従うのよ。大きな流れに。風の行方《ゆくえ》は、私の行方）

麦畑を見ながら、ある日ララは悟りを開いた。

ララは大いなる力に守られながら生きていた。

ララは力の流れに沿うように、生きればいいのだ。

なぜならその流れは、ララに良いものしかもたらさない。

（私は、私として生きればいい。何にも縛られず、流れに身を任せればいい。この世界の中心は、私だったのだわ）

ララが無意識のうちにリルレナへの〝信仰〟を持った瞬間だった。

＊

年頃になったララは、その美しさが領主の目にとまり、ただの村人として一生を終えるのはもったいないと、領主の養女になった。ララはもちろんその流れに従った。村人たちも、きっといつかどこかの大きな貴族に嫁げるに違いないと大喜びしていた。けれど母親だけは反対していた。

「ララ」

村を出発する前に、母親が悲しそうな顔でララに何かを言っていた。

その顔に何かを思わないでもなかったララだが、結局大いなる流れに身を任せ、領主の養女として、美しいドレスを着て、毎日侍女たちに傅《かしず》かれながら過ごした。

＊

「ああ、あなたが聖女なのね」

自分が聖女だと知った時も、ララは全く驚かなかった。

長い髪を頭の高い位置でふたつに結んだ少女が、にっこりと微笑む。〝純真とコスモスのリルレナ〟から聖女が生まれたと国からお触れが出てすぐ、リルレナのプリースティスたちがララの元にやってきたのだ。リルレナの神殿を統括しているというその少女は、ララよりもいくつか年下だったが、確かな知性を宿した瞳で、真っ直《す》ぐにララを見つめていた。

純粋無垢な少女。

汚れを知らぬ少女。

「あなたこそが、聖女だわ」

目の前で嬉しそうに微笑む少女に、ララも微笑んで応えた。

＊

ララに修行は必要なかった。

ララの生き方そのものが、リルレナの教えだったからだ。

大切なものは、全て自分の中にある。

ララはまさに、リルレナの化身だった。

リルレナ神に使えるものには、他の神々と違って素質が必要だ。ララはその素質を完璧《かんぺき》に持っていた。

（やっと、収まるべきところに収まったのね）

領主の養女から、ベルツ公爵の養女へと身分も変わった。王宮で聖女として何もかも世話をしてもらいながら、ララは幸福な気持ちでいっぱいになっていた。

さて。

そんなララでも、ミアズマを浄化するための作戦に参加した時は、流石に色々とこたえてしまった。

領主の家や王宮と違い、ミアズマランドはどこも荒廃し、悪路が続く。さらに恐ろしい魔物に、むさ苦しい兵士たちと、それまでの優雅な暮らしが一変してしまったララは、相当なストレスを抱えていた。浄化自体は何も難しいことではなかったが、ここ数年続いていた優雅な暮らしに慣れていたせいで、過酷な環境が体にこたえたのだろう。

しかし、それさえも、ララの人生にとって意味のあることだった。そこでララは運命の人に出会ったのだ。

ユリウス・クロムウェル伯爵。

浄化作戦の最後の地であるクロムウェル領を治める、若く美しい騎士だった。

まだ十八と若いが、両親が病気で亡くなったため、爵位を継承し、領地を治めているという。

ユリウスは暗い顔をするララを気遣って、いつも明るく楽しい話をしてくれた。自分も魔物との戦いで疲弊しているだろうに、決して明るい笑顔を絶やすことはない。ある時、どうしてそんなに陽気でいられるのかとユリウスに聞いたことがある。

「俺の領地では、毎年多くの人々が死にます。泣いても、笑っても、どんなふうに生きても死ぬ時は死にます。だったら、とことん楽しく生きてやろうって、みんな言うんです。クロムウェル領民はみんなね」

そう言って、ユリウスは誇らしげに笑った。

ああこの人は領地を深く愛す、善なる人だと、ララはその時に感じた。

*

浄化作戦はララの体力も鑑みて、休み休み行われた。

一つの土地を浄化し終えるたびに王宮に戻り、体を休める。

ララはその間に行われる令嬢たちとのお茶会が大好きだった。

美しく着飾り、美味《おい》しいお菓子とお茶を嗜《たしな》む。これほど癒されることはない。

年頃の令嬢たちの話といえば、やはり恋愛や結婚についての話題が多かった。その中でよく聞いたのは、ユリウスの話だ。

「ああ、メリーアン様ってば、本当に素晴らしい運をお持ちですわよね」

「今まで貧乏な伯爵家に嫁ぐなんて可哀想って言われていましたけど……ユリウス様は今じゃ国一番の、将来有望株じゃありませんか」

「王太子殿下はじめ、王家の皆様は大怪我をされたエドワード殿下以外皆結婚されていますから、王族以外で一番条件のいい結婚相手は、ユリウス様ではありませんこと？」

「エドワード殿下は、怪我で寝たきりだと聞きますしね……」

そう言って、令嬢たちは頷き合う。

――ユリウスは、今後国一番のお金持ちになるかもしれないのね？

ララの前に、また大いなる力の流れが見えたような気がした。

……年頃のララが、容姿も良く、いつも自分を守護してくれるユリウスに惹《ひ》かれていくのに、そう時間はかからなかった。

＊

ユリウスに恋をする上で一つ問題だったのは、ユリウスにはすでに将来を誓い合った婚約者がいたということだ。

（でも、政略結婚だって聞くわ。そんな人より、ユリウスはきっと私の方を好きになるはず）

……ララは今まで、男性の好意をたくさん受けてきた。だからこそ、ユリウスが自分を愛さないはずがないと思ったし、そもそも政略結婚など可哀想だと思った。

（人の心を政略結婚で縛るなんて可哀想。そのメリーアンとかいう人も、きっとこんなふうに何もしないでお茶会をしたりして過ごしているだけで、私みたいに働いたりはしていないのよね？）

それならばユリウスに選ばれるのも自分だろうし、きっと周りは自分を祝福するだろうと、その時のララは思っていた。

だってララはこの世界の主役だ。

大いなる力が働いて、全てをララの良い方向に動かしてくれる。

だからララは自分の気持ちが向くまま、自由に過ごしていればいいのだ。

＊

――それなのに、どうしてこうなってしまったの？

メリーアンが出ていった伯爵家。

祝福されるはずが、屋敷に満ちていたのはララへの敵意だった。

ありとあらゆる場所に「メリーアン」の記憶は息づいている。

ララはそれが不愉快で仕方がなかった。

(私は誰からも愛されるはずなのに。こんなのおかしいわ)

ララは大いなる流れが何者かによって邪魔されているような気がして、不満でいっぱいになっていた。

＊

ララの予想通り、ララが好意を見せれば、ユリウスも次第にララに気持ちを寄せるようになり、二人はあっという間に惹かれ合っていった。

そうして一線を越え、たった一度のその行為で、ララは子どもを身籠《みご》もったのだ。

(これが運命なんだわ)

ララは何も不安になることはなく、自分の妊娠を受け入れた。

運命はいつもララを素晴らしい方向に導く。ララの決断が間違っていたことなど、一度としてない。

そして浄化作戦を無事終えたララは、ユリウスとの結婚を承諾してもらうため、クロムウェル領を訪れた結果がこれだ。

一緒に連れてきたローザも、屋敷の者たちの態度に憤慨していた。

反抗的な屋敷の侍女は解雇したし、学の必要なさそうな子どもには、支援を打ち切りたいとユリウスに申し出た。

けれど今では、そのユリウスでさえも、ララに苛立《いらだ》ちを抱いているようだった。

「ララ、どうして勝手なことをしたんだ！　エイダを解雇するなんて！　それにポールへの支援を打ち切って欲しいだって⁉」

「どうしてって……妊娠しているララに、大きな負担をかけようとしたからよ？　それに農民には学なんて必要ないでしょう」

ララはため息をついた。

「エイダは両親が病気で亡くなって、幼い頃から一緒に育ったんだ。それにポールのあの賢さを見たことがあるか？　あの子の頭脳をこのままにしておくなんて勿体ない。教育は未来への投資だ」

「ユリウスまで、そんなこと言うのね。王宮では、こんなことなかったのに……」

「いいかい。何度も言ってるけど、ここは王宮じゃない。これから発展していくにしても、それまでは相当な苦労があるって伝えたはずだ」

「それと、ここの人たちが反抗的な態度をするのに、何か関係があるの？」

「それは……俺たちが、正しい手順を踏んで、結婚しなかったから……」

ユリウスは後ろめたそうに、声を小さくした。

ララに苛立ってはいるが、そもそも屋敷の者たちの怒りの原因を作ったのは、ユリウスでもあるのだ。ユリウスは今になって気づいた。ユリウスが裏切ったのはメリーアンだけじゃない。ユリウスとメリーアンについてきてくれた、クロムウェル領民たちの信頼も裏切ってしまったのだ。

「全部……全部〝メリーアン〟のせいなんでしょう？」

「何言って……」

ララはいつも穏やかな表情をするように努めていたが、ここ最近はそれも難しくなっていた。

「結局、メリーアンさんはララを許してくれなかった。だから婚約解消もできないし、この領地の人たちもララを受け入れてくれないのよね？」

「違う。婚約解消できないのは、俺とメリーアンの両親の問題なんだ」

ユリウスは何度説明したら理解できるのかと、頭を抱えた。

「婚約した時に、離婚した際の慰謝料はアシュベリー家に支払われるように設定されていた。だけどこのままだと、メリーアン本人に慰謝料が支払われなくなってしまうから、それを俺はどうにかしたいんだ」

お金がないなら、今後のメリーアンの生活はめちゃくちゃになってしまうだろう。メリーアンはおそらく、アシュベリー男爵家には戻らない。ユリウスはメリーアンの実家の醜悪さを知っていた。たとえアシュベリーに慰謝料を支払ったって、メリーアンには少しもいかないだろうから、慰謝料のうちの何割かをメリーアン名義で渡したかったのだ。

あの最低最悪な男爵家は、もちろんそれを拒否したが。

そこで揉《も》めたせいで、ユリウスは婚約解消の書類を提出できずにいた。

「今、元の約束とは別にメリーアンにも慰謝料がいくように調整している。本人のサインがあれば一番手っ取り早いから、俺は彼女に会いたいって言ってるんだ」

ユリウスは疲弊していた。

あの陽気さは消え、いつも顔には苛立ちと疲れが浮かんでいる。

(私の大いなる流れを堰《せ》き止めたのは、きっとメリーアンさんに違いないわ。彼女をどうにかしなければ)

ララは生まれて初めて、自分が感じていた大いなる流れが停滞していると思った。そしてその原因は、おそらくメリーアンにある。全ての原因はメリーアンにあるのだ。

「……ユリウスは、メリーアンさんに会いたいのね？　会えば、解決できるのよね？」

「……え？」

「ララは居場所を知ってるわ」

ララはユリウスを見て、言った。

「ララも一緒に連れていってくれるなら、教えてあげる。赤ちゃんはもう安定期に入っているから、大丈夫よ」

――流れが止まっているのなら、止まっている原因を取り除くしかない。

ララはそう思った。けれどララは気づいていない。

〝大いなる流れ〟はこれより少し前に消えてしまっていたということに。

原因はメリーアンではないということに。

ララは生まれて初めて、自分から行動することにしたのだった。

「つっかれたー！」

硬い神殿のベッドに身を投げ出し、メリーアンは枕《まくら》を抱いて、思わずそんな言葉を叫んでしまった。

アリスとの対峙《たいじ》から、数日後の夜。

メリーアンとエドワードは、無事オリエスタに戻ってきた。

快適な馬車のおかげで、肉体的な疲労は思っていたほどはない。しかしアリスのことといい、メリーアンの中に芽生えた魔法の力のことといい、驚くことだらけで、メリーアンの精神はすっかり疲弊しきっていた。

考えなければいけないことが山ほどあるのだが、脳が思考を拒んで、今はただただ眠い。

「……悩むのは、もう少し後でいいかも。それこそ夜間警備が再開になってからとか」

ルミネが昇るまで――つまり博物館の仕事が再開するまで、まだあと数日はある。

色々と考えなければならないことがあるのは確かだが、疲れを回復させなければ、思考も正常に働かないだろう。

「もうこうなったら、目いっぱい休んでやるわ。頭を空っぽにしてね」

ということで。悩み事には後で対処するとして、メリーアンは残りの休暇を思いっきり休むことに決めたのだった。

　　＊

休む時は、仕事のことも、悩み事も、全部忘れて休んだ方がいい。

悩む時間に給金が発生するわけではないのだから。

（……なんて、私も結構図太くなったものよね）

昼近くの神殿の庭で、ぼんやりとパンを齧《かじ》りながら、メリーアンはそんなことを考えていた。

本日は天気も良く、絵の具を塗り広げたかのような青空に、神殿から聞こえてくる聖歌が気持ちよく響き渡っている。修練生たちが、クロノアを讃《たた》える聖歌を練習しているのだ。

メリーアンが空を眺めながらぼんやりしていると、しょんぼりとしたミルテアが庭へ出てきた。

ベンチに座るメリーアンに気づくと、パッと顔を明るくして、こちらに駆けてくる。

「……あ！　メリーアンさん、おかえりなさい！　無事に戻ってこられたんですね！」

「ただいま。昨日の夜戻ったのよ。おかげさまでいい旅だったわ」

正直最悪な出来事ばかりだったが、まあ旅路に関しては快適だったので、嘘《うそ》ではないだろう。

「それにしても、なんだか落ち込んでいるように見えたんだけど……どうかしたの？」

先ほどの随分しょんぼりしていた様子を指摘すると、ミルテアは腕に抱えた譜面に視線を落として、深いため息をついた。

「うう……なかなかうまく歌えなくて、個人で練習してくるようにって、追い出されてしまいました」

意外なことに、ミルテアは歌を歌うのが苦手らしい。

「自分ではちゃんと歌ってるつもりなんですけどねぇ」

「楽譜、見せて？」

メリーアンはミルテアから楽譜を受け取ると、音符を目で追って、メロディを口ずさんだ。クロムウェル夫妻が一通りの教養をメリーアンに与えてくれたおかげで、最低限楽譜を読むことくらいはできる。

（懐かしい。そういえばユリウスはかなりの音痴だったっけ）

ふとそんなことを思い出す。しかし感傷に浸る間もなく、ミルテアが興奮したようにブンブンと手を振った。

「す、すごいですメリーアンさん！　歌、とっても上手ですね！」

「え？　そう、かしら？　さっきから、何度も同じメロディが聞こえてくるから、覚えちゃったのかも」

メロディを口ずさんではみたものの、お腹《なか》に力が入らなくて、正直自分の歌がそんなにうまいとは思えなかった。しかしミルテアは目を輝かせて、尊敬したようにメリーアンを見つめている。

「あの、少しでいいので、一緒に歌ってくださいませんか⁉　私、うまく音がとれなくって」

練習に付き合って欲しいとミルテアが言うので、メリーアンはもちろんと頷《うなず》いた。楽譜を二人で眺めながら、一、二、三、四と拍子をとり、お腹に力を込めてメロディを紡《つむ》いだ。

……と思っていたのだが、とんでもない不協和音が響いて、メリーアンは思わず歌うのをやめた。

「あ、あれ？　ごめんなさい。私、ソプラノを歌っていたわ。ミルテアは声が高くて綺麗《きれい》だから
てっきりソプラノなのかと。もしかしてアルトだった？」

「え？　ソプラノですけど」

「⁉」

（なんてこと……）

ユリウスもかなり音痴だったが、それを凌駕《りょうが》する逸材がここにいた。

ミルテアである。

メリーアンの驚く顔を見て、ミルテアはうう、と泣きそうな顔になった。

「やっぱり私、下手なんですかね……？」

「……い、いえ、下手っていうか、なんというか」

メリーアンはミルテアを傷つけないように、なんとか言葉を選んだ。

「慣れてないだけよ、きっと。こういうのは何度も練習してるうちに、どんどん良くなってくるか
ら」

「そうなのでしょうか……」

落ち込むミルテアを励まして、メリーアンはもう一度楽譜を持った。

「ほら、何度でも歌えばいいじゃない。ね？　練習付き合うから」

「は、はい！」

こうして、二人はしばらく聖歌の練習に励んだのだった。

＊

「うん、少し良くなったんじゃないかしら」

「本当ですか⁉」

何度も繰り返し歌っているうちに、ミルテアも音を覚えてきたのか、最初よりはだいぶマシになってきた。

二人でベンチに座って、少し休憩する。

「それにしても、ミルテアは今まで歌を練習したことはなかったの？」

「はい。聖歌隊は立候補でメンバーが決まるので……。私、合唱とか苦手だったから、ずっと避けてきたんです」

ではなぜ急に聖歌隊に入ろうと思ったのか、メリーアンが疑問に思っていると、ミルテアはえへへと笑った。

「私、運動音痴ですし、頭もそんなに良くないですし……。昔から苦手なことが多くって。苦手なものは避ければいいと思ってたから、別に生きづらくはなかったんですけどね」

でも、と続ける。

「それじゃ少しもったいないかなって思うようになったんです。皆に流れる時間は平等ですけど、その時間をどう過ごすかは人によって違うでしょう？　私、好きなものだけじゃ時間を潰《つぶ》せないことに気づきました。それだったら苦手なこともやってみれば、人生も豊かになるのかなって」

苦手であることと、好きであることはまた別だと思いますし、とミルテアは笑った。

「苦手だと思っていても、やってみれば案外好きになれるものもありました。知らないことを知れるのって楽しいんですよね。だから毎年一つ、新しい挑戦をしてるんです」

そして、今年の挑戦が「歌」だったというわけだ。

「なるほど、確かに苦手と嫌いって違うものね。下手の横好きって言葉もあるくらいだし」

「はい。メリーアンさんと歌ってたら、楽しくなってきました。下手かもしれませんが、すごく気持ちよかったです！」

控えめな性格をしているように見えるミルテアだが、意外にも根性があって、メリーアンはさらにミルテアのことが好きになった。きっとその生真面目《きまじめ》さや努力家なところが、彼女がまだ若い年齢でプリーステスになれた理由なのだろう。

「せっかくだし、私も苦手なこと、何か練習してみようかな」

「メリーアンさんの苦手なことってなんですか？」

メリーアンは少し考えて、黒焦《くろこ》げになったアップルパイのことを思い出し、苦笑した。

「……お菓子作り、かしら」

「そうなんですか？　以前見せてもらったアップルパイ、とてもいい匂《にお》いがしましたけど」

「コゲコゲだし、味も少し苦かったわよ。マグノリアが作ったら、もっと上手だったんでしょうね」

メリーアンは肩をすくめる。

「でもミルテアの言う通り、苦手だけど嫌いじゃないのよ、別に。なんならもっと作ってみたいって、少し思ってる」

そう言うと、ミルテアはにっこり笑った。

「いいじゃないですか、お菓子作り。きっと練習すれば、メリーアンさんならすっごく上手になると思います！」

「ありがと。せっかくの休暇だし、少し挑戦してみようかしら」

前回のアップルパイの敗因を分析して、丁寧に作り直してみるのもいいかもしれない。

「はい、ぜひ。よかったら今度は、私にも少し味見させてください！」

「もちろん。いつもお世話になっているお礼もしたいしね」

そう言って、メリーアンはふとエドワードのことを思い出した。

（そういえば私、今回のことで、彼にまだ何もお礼をしてないわね）

何から何まで、エドワードに世話を焼いてもらった。そのお礼をしたいが、王族のエドワードに何をあげたって、大した礼にはならないかもしれない。

（まあでも、手作りのものだったら、少しは誠意が伝わるかしら？）

案外いい考えかもしれないと思って、メリーアンはベンチから立ち上がった。

「私、もう一度アップルパイに挑戦してみるわ。早速材料を買ってくる」

そう言って、別れの挨拶《あいさつ》を交わす。

ミルテアはにっこり笑って手を振った。それからもう一度、歌の練習をするために、楽譜に向き合う。

「ボエェ～!!」

背後で歌の練習を続けるミルテアの声を聞きながら、メリーアンは早速市場へと向かうことにした。

＊

市場へ向かうつもりのメリーアンだったが、マグノリアのマニュアルをロッカーにしまっていたことを思い出し、一度博物館に寄ることにした。

昼間の博物館は、観光客や親子連れで賑《にぎ》わっている。真夜中の静かな博物館も好きだが、賑わいのある博物館もまた、あたたかい空気を感じられて好ましかった。

「ねえ見てパパ、あのドラゴン、今にも動き出しそうだね！」

小さな子どもが、目を輝かせながら吊り下げられたドラゴンの標本を指している。

「そうだよ、夜になったら悪い子を食べるために、動き出すからね。博物館ではちゃんと静かに、いい子でいるんだよ」

父親はそんな冗談を言っている。

（その通りよ。悪い子ばかりじゃなくて、なんでも食べちゃうんだけど）

メリーアンは思わず、クスリと笑ってそんなことを思ったのだった。

＊

賑わう人々の波をかき分けて、夜間警備員用のロッカールームへ向かう。

展示室とは少し離れた場所にあるロッカールーム付近は、客もおらず、少しひんやりとしていて、静かだった。

ドアノブに手をかけたメリーアンは、中の灯《あか》りがついていることに気づいて、思わず手を止めた。

（……誰《だれ》かいる？）

昼間だというのに、一体誰がいるのだろう？

この部屋は夜間警備員しか使用しないはずなのだが……。

（私の他にも、忘れ物しちゃった人がいるのかも）

そう思ったメリーアンは、思い切って扉を開けてみた。

「……あれ、トニ？」

中にいたのは、片眼鏡《めがね》を掛けた青年――トニだった。トニはこちらに背を向け、机に広げた大きな魔導書を見ているようだ。

「って、ちょっと⁉　何してるの⁉」

トニが持っていたものを見て、メリーアンはギョッとしてしまう。トニはたっぷりと水の入った如雨露《じょうろ》を、魔導書に傾けようとしていたからだ。

メリーアンは飛び上がって、思わずトニを羽交い締めにした。

「うわ⁉　誰……ってメリーアン⁉　何してるんだ！」

「そっちこそ何してるのよ！　魔導書が水浸しになっちゃうじゃない！」

「これは違うんだ、聞いてよメリーアン！」

トニの悲鳴がロッカールームに響き渡り、如雨露の水が空中に舞った――。

＊

「っくしゅん！」

如雨露の水を浴びてしまい、びしゃびしゃになったメリーアンに、トニは魔法で生み出したあたたかい風を浴びせてくれた。

魔導書の展示室の管理人であるトニは、自身も魔力を持つ魔導士なのだという。トニの生み出す温風のおかげで、濡《ぬ》れた髪はあっという間に乾く。

「本当にごめんなさい、まさかそんな、仕事をしていたなんて……」

「いや、僕こそごめん。こんなところでやるべきじゃなかったよ」

トニは苦笑いして、ズレていた片眼鏡を直した。

「でもまさか、君があんなにアグレッシブだったなんて、思わなかったよ。女の子に羽交い締めにされるなんて、そんな日が来るとは」

「……お願いよ、忘れてちょうだい」

メリーアンは頬《ほお》を真《ま》っ赤《か》にしてしまった。クロムウェル領にいると、女性も多少は、腕っぷしが強くなるのだ。多少は。

（……流石にもう令嬢だなんて名乗れないわね）

ため息をつくと、トニが笑った。

「勘違いが解けてよかった。僕の仕事……というか、ほぼ趣味なんだけど。よかったら見ていく？」

「いいの？」

「もちろん」

メリーアンはトニが魔導書を水浸しにするつもりだと思って焦《あせ》っていたのだが、どうもそうではなかったらしい。

トニ曰く、彼がしようとしていたことは、魔導書の管理の一種なのだという。

（水を浴びせることが、どうして管理になるのかよくわからないのだけれど……）

メリーアンは首を傾《かし》げつつ、再び如雨露に水を満たしたトニを見た。優しげな顔をしているトニだが、その表情は真剣だ。

「ここ、見てごらん」

トニが細い指を差した先に、視線を移す。

机の上に開かれた大きな魔導書のページには、小さな種の絵と、何やら難解な魔法言語が描かれていた。

「よく見ていて、メリーアン」

トニが微笑んで、その種の絵に、如雨露を傾けた。

（あっ……）

メリーアンは思わず息を呑《の》んだ。

しかし不思議なことに、魔導書はグングンと如雨露の水を吸収していった。紙がふやけた様子などもない。

それから、奇妙なことが起こった。

種の絵が動き出し、芽吹いたのだ。それも絵の中でではない。

鮮やかなエメラルドグリーンの芽が、魔導書のページからにょっきりと生えているではないか。

「わ、何これ……！」

メリーアンが驚いている間にも、トニは穏やかな表情で如雨露を傾け続ける。水を浴びた芽はグングンと成長し続け、やがて小さな木になった。木は蕾をつけ、それから黄金の光を放つ花々を咲かせ始める。

「綺麗……」

甘い香りに誘われて、思わずメリーアンは小さな木に鼻を近づけていた。キラキラとした粉があたりに浮遊し、簡素なロッカールームを幻想的なものに見せている。

けれど花の輝きは、長くは続かなかった。やがて花は枯れ落ちて、木も老人のように、どんどん萎《しぼ》んでしまう。

（枯れてしまうんだわ……）

どうしようもなく悲しい気持ちになって、メリーアンは木に手を伸ばした。けれど木はあっという間に萎んで、やがて魔導書の中に吸い込まれてしまった。ああ、とため息をつくメリーアンだったが、ふと魔導書の中央に、何かが残されているのを見つける。

――種だ。木が残した、種だ。

そこには、小さな種が再びイラストとなって、ページに描かれていた。

芽吹いた種は木になり花を咲かせ、また種を残した。きっとメリーアンが最初に目にしたのとは違う、別の種なのだろう。

メリーアンはまるで、人の一生を見ているようだと思った。

＊

『ツリー・オブ・ライフ』

それがこの本のタイトルなのだという。

「この本は、植物に関する魔法が記された魔導書なんだ。植物を育てたり、世話をするための魔法が記された本。でもこの本を開く時は、必ずこうやって、木の世話をしないといけない」

そう言って、トニが魔導書の表紙を撫《な》でた。

「魔導書って言うよりは、もう芸術作品に近いわね」

メリーアンが素直な感想を告げると、トニは頷いた。

「二百年前に作られた本なんだけど……きっと作者は、植物を本当に愛していたんだろうなって思うよ」

メリーアンにも、トニが言っていることが、なんとなくわかるような気がした。

植物の世話をする魔法が記された本。作者はもしかしたら、植物も人と同じ命であることをわかって欲しかったのかもしれない。

「……面白《おもしろ》いものを見せてくれて、ありがとう。私、魔導書って、魔導士しか読めないような、堅苦しいものだと思っていたわ」

メリーアンがそう言うと、トニが微笑んだ。

「この本の内容はもうみんなよく知っているから、最近は開かれていなくてね。たまにこうやって世話をすると魔導書の魔法が薄れずに残り続けるから、交代で世話をしてるんだ。メリーアンの言う通り、魔導書って他にも結構面白いものがいっぱいあるんだよ」

トニは本当に本が好きなのだろう。そんな彼が本に粗相をするはずがないと、メリーアンは最初の自分の行動を余計に恥ずかしく思った。

メリーアンも本は好きだ。と言っても、堅苦しいような本ではなく、冒険譚《たん》や恋愛小説など、人の好奇心をそそるようなものなのだが、驚いたことに、トニもそういった分野の本を読むという。

「あは、僕、活字中毒気味なんだよね」

そう言ってトニは苦笑していた。

それからも不思議な魔導書の話や、最近読んだ本の話などしていくうちに、二人はだんだんと打ち解けていったのだった。

＊

――人でごった返す市場。

「よし、これで材料は全部揃《そろ》ったわね」

トニと本について散々語り明かした後、メリーアンはマグノリアのマニュアルを回収し、トニがおすすめしてくれた店を回って、アップルパイの材料を揃えた。

トニは普段から料理もするらしく、手頃な値段で質のいい青果を売る店や、濃厚な味のする蜂蜜を取り扱っている店などを教えてくれたのだ。

「読書家だし、料理もするなんて、トニって結構いい男よね」

などと思わず呟《つぶや》いていると、肩をトントン、と誰かに叩《たた》かれた。

「誰がいい男なのー?」

「っ!」

振り返ると、鮮やかな金色の髪が目に入る。

「やっほ、メリーアン! 久しぶり!」

そこに立っていたのは、仕事の時と同じく、ニコニコとご機嫌そうなドロシーだった。

「ドロシー! びっくりした……」

「あはは、ごめんごめん。知ってる人だと思ったらつい声をかけちゃった。買い物中だったの?」

いつも通りのテンションで話しまくるドロシーにたじろぎつつ、メリーアンはバスケットを見せた。

「ええ、アップルパイを作ろうと思って。材料を買っていたの」

「アップルパイ!」

ドロシーは目を輝かせた。

「ねえねえ、そういえばさ、博物館の近くにある喫茶店のアップルパイが、すっごく美味しいの。今から行こうよ!」

「え、ええ? 今から?」

今からアップルパイを作ろうとしているのに、喫茶店にアップルパイを食べにいくのか。

「アップルパイを焼くなら、美味しいアップルパイのイメージが必要でしょ？　私が奢《おご》るからさ」

はしゃぎ回る子犬のようなテンションのドロシーに押されて、ついメリーアンは頷いてしまった。

まあ、ドロシーの言うことも一理ある……ような気もする。

「あ、そうだ。さっき怪しいお店の集合する通りで、ネクターを見たんだ。三人一緒だと割引きになるから、彼も誘おう！」

「いやいや、絶対来ないでしょ」

流石のメリーアンも突っ込んでしまった。あの態度の悪い不貞腐《ふてくさ》れた少年が、喫茶店についてくるとは思えない。

「まあいいじゃん、とりあえず聞いてみようよ！」

メリーアンの突っ込みも気にせず「怪しいお店の集合する通り」とやらに、ドロシーはメリーアンを引っ張っていったのだった。

＊

ドロシーの言う「怪しいお店の集合する通り」とやらは、どうやら魔法や呪術に関連した道具を扱うお店が集合した、職人街の外れにある寂《さび》れた通りのことのようだった。大小様々な鍋や、見たこともないような薬草、カビの生えた本に、籠に入れられたヒキガエルやトカゲなどなど、怪しいもの見本市とでも名付けたくなるような店が数多く並んでいる。

そのうちの一つの店の前で、ドロシーとメリーアンはネクターを発見した。いつものようにクマがひどく、顔色の悪い少年に、ドロシーが突撃していく。

「こんにちはネクター！　今暇？」

ネクターはちらっとドロシーを見て、面倒そうな顔をした。

「……暇じゃない。俺《おれ》に話しかけるな」

「ねえねえ、今からさ、アップルパイ食べに行かない？」

ネクターの冷たい対応もなんのその、ドロシーは話を続ける。

「ほら、博物館の近くにある『子猫《こねこ》の輪舞曲《ロンド》』っていう喫茶店！　三人一緒だと安いからさ！」

（す、すごく可愛《かわい》い名前だわ……）

「ネクターも興味あるでしょ？」

（いや、ないでしょ……）

「一緒に行こうよ！」

（流石に行かないでしょ……）

メリーアンは心の中で突っ込みまくっていた。けれど意外なことに、ネクターは黙って何かを考えている。

「……」

行くわけないだろ、と突っぱねると思っていたメリーアンだったが、ふと妖精《ようせい》たちのためにアップルパイを作った時のことを思い出した。確かあの時、ネクターはメリーアンが持っていたバスケットを覗《のぞ》いていた。

（……甘いものが好きなのかしら？）

メリーアンが首を傾げていると、ドロシーが嬉《うれ》しそうな顔をする。

「ネクターが否定しないってことは、肯定ってことだもんね。よし、早速行こう！」

どんどん話を進めていくドロシーにメリーアンは驚きっぱなしだ。しかしネクターを見れば、案外悪い気はしていないなさそうだった。

「………フン」

鼻を鳴らして、いつもの不機嫌そうな顔でスタスタとドロシーについていく。

（すごいメンバーで行くことになっちゃったわね……）

まあ、たまにはこういうのも悪くはないか。

そう思ったメリーアンも、先に前を行く二人を追いかけることにした。

＊

「うわぁ、美味しそう！　シナモンの香りがたまらないわ！」

目の前に並べられたアップルパイを見て、メリーアンは歓声をあげてしまった。

「でっしょー！」

喫茶店『子猫の輪舞曲《ロンド》』は、女性客が好みそうな内装をした、可愛らしいお店だった。アップルパイをはじめ、どうやらスイーツが人気のようで、店内には甘い香りが充満している。

メリーアンたちの前には、焼きたてのアップルパイが並べられていた。シナモンとバターの甘い香りがふわりと漂っており、匂いを嗅いだだけでお腹が鳴った。

隣を見れば、いつも顔色の悪いネクターの頬も心なしか上気して、目がキラキラしていた。

（なんだ、可愛いところもあるじゃない）

メリーアンはその様子を見てクスリと笑ってしまう。ネクターは相当甘いものが好きなのだろう。この店についてきた理由もわかる気がした。流石に女性客ばかりの店で、男一人では入りずらかったのかもしれない。

「……何笑ってるんだ？」

視線に気がついたのか、ネクターが訝《いぶか》しげな顔でメリーアンを見る。

「いえ、甘いものが好きなんだなと思って」

「……フン。お前には関係ないだろ」

「お前じゃないわ。私にはメリーアンって名前があるんだけど？」

ネクターは不機嫌そうに鼻を鳴らして、ナイフとフォークを持つ。

メリーアンとこれ以上会話を続ける気はなさそうだ。

（ほんっと、無愛想ね）

そう思いつつ、甘い香りに耐えきれなくなったメリーアンも、早速アップルパイを一口食べてみることにした。

「！　美味しい！」

リンゴの食感は少し硬めに残りつつ、噛《か》むとトロリとした甘いリンゴとシナモンの香りが口の中いっぱいに広がる。パイ生地は甘さ控えめでサクサクとしており、甘く煮たリンゴとの相性が抜群だった。

「いやぁ、やっぱりここのアップルパイは最高だねぇ」

ドロシーもネクターも幸せそうな顔でモギュモギュとアップルパイを頬張《ほおば》っていた。

「すごく美味しい。博物館の近くにこんないい店があるなんて、知らなかったわ」

そもそもメリーアンはオリエスタに来たばかりで、まだこの街にどんなお店があるのかなど、詳しくは知らなかった。

「他にもいいお店、まだまだいっぱい知ってるよ！　今度案内してあげる」

「楽しみにしておくわ」

ドロシーとネクターという変わったメンバーだが、たまにはこういうふうに、突発的な誘いに乗るのも悪くないと思ったメリーアンだった。

＊

「はぁ、今日のキャンベル准教授もかっこよかったよね」

「授業なんか頭に入ってこないよ」

ドロシーの話を聞きながらアップルパイを楽しんでいると、ふと聞き覚えのある名前が耳に入ってきた。

声の方を見れば、学生だろうか。若い女性の二人組が、ケーキをつつきながらうっとりとしたような顔で話し込んでいる。

「一日中キャンベル准教授の授業が受けられればいいのにね」

「タダでさえ頭に入ってこないんだから、絶対単位落とすわよ」

そんな会話をして、クスクスと笑っている。

(キャンベル准教授って……そうだ、エドワードの偽名だわ)

エドワードは博物館で勤務する傍ら、大学職員としても働いているのだ。女子生徒たちの会話に耳を傾けながら、メリーアンは大学で勤務するエドワードを想像してみる。

(授業をしていて、それで……女子生徒に囲まれてる、エドワード)

……。

………。

なんだか、胸がザワザワする。

(エドワードって、あのゴロツキみたいな態度、親しい人にしか見せないみたいだけど。私たち以外にもあの顔を見せたこと、あるのかしら?)

悪戯《いたずら》っぽく笑うあの顔を、他の誰かにも見せていたりするのだろうか。

胸に湧いた感情が、あまりいいものではないような気がして、メリーアンは首を傾げた。一体彼女らの話の、何が胸に引っかかったのか、自分でもよくわからない。

(私、なんでこんな……)

メリーアンが自分の感情を分析しようとしたところで、突然ドロシーの甲高い声が聞こえてきた。

「ひどいネクター！　なんでそんなこと言うの⁉」

「俺は思ったことを言っただけだが？」

意識を自分のテーブルに戻せば、ドロシーがネクターに憤《いきどお》っているようだった。

「ちょ、二人ともどうしたの？　他のお客さんもいるんだから、落ち着いて」

「だって！　私のお気に入りのパンケーキのお店、ネクターがまずいって言うんだよ⁉」

「フン。あんなパンケーキ、ただ見栄えがいいってだけだろ。クリームを大量にかければいいというものじゃない。質がだな……」

（しょうもない！）

心の中で思わず突っ込んだメリーアンだったが、これ以上場の雰囲気を乱すわけにはいかない。鼻息を荒くしているドロシーを落ち着かせ、ネクターにもう少し意見をオブラートに包むよう注意して、メリーアンはなんとかその場を収めたのだった。

＊

「ひどい目にあったわ……」

喧嘩《けんか》の仲裁で疲れ切ったメリーアンは、肩を落としてとぼとぼと帰路についていた。あの後、なんとか喧嘩をやめさせたメリーアンだったが、ドロシーとネクターは結局プンスカと怒ったまま、それぞれどこかに行ってしまったのだ。もうめちゃくちゃである。

「しかも結局、私が三人分支払ってるし」

怒涛《どとう》の展開に疲れ切ったメリーアンは、重い荷物を持って、神殿に続く道を歩く。ミルテアと歌の練習をしたり、トニと魔導書に水をやったり、ドロシーたちと喫茶店でお茶をしているうちに、時刻はいつの間にか夕刻になっていた。疲れているせいか、荷物が重く感じる。手に持っていたバスケットを、腕に引っ掛けようとしたところで、不意にバスケットが軽くなった。

「⁉」

ひったくりかと思い、思わず振り返れば……。

「よう、メリーアン。久しぶりだな」

大柄なスキンヘッドの男が、メリーアンの荷物を持ってにっこりと笑っている。

「オルグ！　びっくりしたわ。ひったくりかと思ったわよ」

メリーアンの背後に立っていたのは、魔法生物の展示室の管理人である、オルグだった。

「買い物の帰りなのか？」

「ええ、そうなの。まあ、それ以外にも色々あったんだけど……」

疲れた顔をしているメリーアンに首を傾げつつ、オルグは頷いて嬉しい提案をしてくれる。

「神殿までなんだろう？　送っていこう」

「いいの？」

「ああ、俺も今は神殿の近くに住んでるからな。全く問題ないぞ」

「あれ？　そうだったの？」

以前は神殿とは真逆の場所から、魔法史博物館に通っていたような気がしたのだが……。

オルグはメリーアンと並んで歩きながら、事情を説明してくれた。

「俺は家を持たずに、期間を決めていろんな宿屋を転々としているんだ」

「へえ、珍しいわね。みんな部屋を借りていたりするみたいだけど……」

いつかは出ていかなければ、と思っているのだが、メリーアンは神殿にすっかり慣れてしまって、もう自分の帰る場所として認識している。

「宿屋暮らしって、なんだか疲れない？」

そう尋ねると、オルグは首を横に振った。

「いや……俺はもともと傭兵《ようへい》だったもんでな。一箇所に居つく方が、慣れないんだ」

「そうだったの⁉」

オルグの意外な経歴に、メリーアンは驚いた。確かに、生まれてからずっと魔法史博物館で働いているわけではないのだから、夜間警備員になる前にも職歴はあって当たり前なのだ。しかしそれにしても、傭兵だったとは。

あまり深く尋ねない方がいいのかと思っていたが、オルグはそこまで自分の過去について気にしていないようだった。

「オルグはどうして、魔法史博物館で働くことにしたの？」

そう尋ねると、オルグは夕日を見ながら、昔を懐かしむように過去の話をしてくれた。

「俺は正規の軍人ではなく、傭兵としてオルガレムとの戦いに参加していてな。あちこちの戦場に赴いていたが、ある日の戦いで子どもを庇《かば》って足に大怪我《けが》を負ってしまったんだ」

子どもは無事だったが、オルグは負傷し、子どもと共に戦場から抜け出せなくなってしまったのだという。

「怪我もひどかったし、そのままそこで死んじまうのか、と朦朧《もうろう》とする意識の中で考えた。でも不思議なことが起こったんだよ」

燃えるような夕日が、オルグの瞳《ひとみ》の中で揺らめいている。メリーアンはいつの間にか夢中になって、オルグの話に耳を傾けていた。

「一緒にいた子どもが、赤い鳥が俺たちを見ているって言い出したんだ」

木にもたれかかっていたオルグは、子どもが指を差した方を見て驚いた。空に見たこともないほど鮮やかな赤を纏《まと》う鳥が旋回していたからだ。赤い鳥は虹色の尾を揺らし、戦場に美しい鳴き声を響かせていた。

「その鳥が、俺たちのところに降りてきた。それで、俺の怪我をした足に一粒、涙を溢《こぼ》したんだ」

すると、たちまちにオルグの足の怪我は治ったのだという。

「その後のことはあまり覚えてないんだが……いや、どうも気を失ってしまったらしくてな。気づいたら仲間に救出されて、安全な場所にいた。足の怪我はもちろん治っていたんだが、俺はその出来事を機に、傭兵を休業することにしたんだ」

赤い鳥は、オルグと一緒にいた子ども以外、見ていなかったのだという。あの鳥は、戦場で見た幻だったのか、それとも本当に空を飛んでいたのか……。

「それから、俺は戦争のことを忘れるように、しばらくあちこち放浪していた。少し戦いに参っていたのもあるかもしれんな。そして、偶然訪れた魔法史博物館の、魔法生物の展示室で、見たんだ」

メリーアンはそこまで言われて、ふと思い出した。魔法生物の展示室にある、大きな鳥の標本。

夜になると、優雅に博物館の中を飛ぶ、あの赤い鳥を。

「不死鳥《ふしちょう》……」

思わずそう呟くと、オルグは頷いた。

「あの時の鳥だと思ったよ。不死鳥はありとあらゆる時間と空間を超えて、様々な場所に現れるという伝説がある」

「そして、その涙には癒《いや》しの力があるって、キャプションにも書いてあったわ。……善なる者しか癒さないってことも」

そう言うと、オルグは照れたように頭をかいた。

「とにかく、あの不死鳥には恩があるからな。恩には報いなければ。そういうわけで、傭兵を引退して、魔法史博物館の夜間警備員になったってわけさ」

いつの間にかメリーアンたちは神殿の前にいた。オルグの話に聞き入っていて、あっという間に着いてしまったようだ。

「素敵な話をありがとう。きっと、魔法生物の展示室の管理人は、あなた以外に相応《ふさわ》しい人はいないでしょうね」

「さあ、どうだろうな。まあでも、資格がある限りは、精いっぱいやるさ」

オルグは肩をすくめて微笑みつつ、メリーアンに持っていたバスケットを返す。

「ほら、荷物だ」

「ありがと。すごく助かったわ」

「気にすんな。こんなの当たり前さ」

疲れていたからオルグがいなかったらやばかったかも、とメリーアンが喫茶店での話をすると、オルグは肩を揺らして大笑いした。

「あいつららしいじゃねぇか」

「私、結局二人の分も奢ったんだから」

少しむくれてみせると、オルグは顎をさすりながら言った。

「ドロシーもネクターも、悪い奴《やつ》じゃないんだ。ドロシーなんかはきっとすぐ謝ってくると思うぞ」

「ネクターは？」

「奴は……さあ、どうだろうな。だが悪い奴じゃないんだ。魔法史博物館の夜間警備員は、みんな根はいい奴なんだ。あいつには俺からも一言言っておこう」

オルグにそう言われて、メリーアンは少しスッキリした。

(ネクターは少しオルグに怒られればいいのよ)

心の中で舌を出しておく。

「それじゃ、また」

「ええ。魔法史博物館で会いましょう」

燃え上がるような夕日に照らされたオルグの後ろ姿を、メリーアンは手を振りながら見送った。

＊

「よっし。今度はうまくいったわ！」

その日の夜。

夕食作りが終わった厨房を借りて、メリーアンは早速アップルパイを焼き上げた。今回は前回の失敗を活かして、火加減にこだわった。そのおかげか、窯から取り出したアップルパイは、こんがりとした美味しそうな焼き色に仕上がっている。

「……そうよね。苦手なことだって、失敗しちゃうことだってあるけど。何度も練習すれば、きっといつかできるようになるわ」

美味しそうに焼き上がったアップルパイを見つめながら、メリーアンはそんなことを呟いた。

「食べやすいように切り分けてっと。明日エドワードに持っていこうかしら」

そう呟いてから、メリーアンはエドワードがどこに住んでいるのか、休みの日は何をしているのか、全く知らないことに気づく。

(私……エドワードのこと、たくさん知ってるつもりだったけど、なんにも知らないんだわ)

彼が王子である、という大きな秘密を知っているので、彼を他の人よりもよく知っていると思い込んでいた。しかし実際は、喫茶店でエドワードについて話していたあの女子生徒たちの方が、よほどエドワードのことを知っているのかもしれない。

「……」

そう思うと、なんだか胸が少しチクチクした。

(またたわ。この気持ち、なんなのかしらね)

厨房の窓から空を見上げる。

今宵は満月のようだ。明るい月の光が、中庭を照らしていた。

(……なんだか、会いたくなってきたわ)

この気持ちの正体はよくわからない。けれどエドワードと一緒にいると楽しいし、落ち着くのだ。

「うーん、どうすれば彼に会えるのかしら」

「誰に会うつもりなんだ？」

「誰にって、だから……」

そこまで言って、メリーアンは驚いて振り返った。

厨房の入り口に、見覚えのある男性がもたれかかっていた。

「え、エドワード!?」

メリーアンは自分が幻でも見ているのではないかと思って、思わず目を擦《こす》ってしまった。

「あなた、まさか亡霊？」

「やめろよ。縁起でもない」

エドワードは眉《まゆ》を顰《ひそ》める。

「なんでエドワードがここにいるの？」

メリーアンが驚いたようにそう言うと、エドワードが肩をすくめた。

「あんたがここへ来る前から、時間がある夜は神殿に礼拝しに来てたぞ」

「そうなの……じゃあ、なんで厨房へ？」

そう言うと、エドワードは一瞬言葉を詰まらせた。

それから、少し照れたように頭をかいて、笑う。

「いや……あんたがどうしてんのか気になってミルテアに聞いてみたら、ここにいるって言うから、つい」

「それは……」

メリーアンの胸に、じわじわと喜びが広がっていく。エドワードが自分のことを気にかけてくれたことが、嬉しかったのだ。

「私もね、今ちょうどあなたに会いたいなって思っていたところだったの」

エドワードに対するこの気持ちがなんなのか、メリーアンにはまだわからない。ただ今は、エドワードに会えたことがとても嬉しいと感じる。

「ねえ、アップルパイ食べていかない？　焼きたてよ。今度はうまくいったわ」

「お、そりゃあいいいな」


二人は中庭のベンチに座って、満月の浮かぶ星空を見上げた。

「はい、どうぞ。このアップルパイ、王都まで連れていってくれたお礼に作ったの。改めて、あの時は私を助けてくれてありがとう」

そう言うと、エドワードは目を丸くして、子どものように笑う。

「俺のために作ったってことか？」

「ええ」

その顔を見て、メリーアンはどきりとした。

せっかくの焼き立てだから、フェーブルやリリーベリーや、ミルテアも誘おうかと考えていた。

けれどどうしてか、エドワードの笑顔をもう少し独り占めしたいと思ってしまう。

（どうして私、こんなこと思うんだろう）

「……あなたがここへ来てくれてよかった。私、あなたの家を知らなかったから」

そう呟くと、エドワードは首を傾げた。

「あんたに伝えてなかったか？　博物館の近所に住んでるんだ。ほら、近くに『子猫の演舞曲《ロンド》』って喫茶店あるだろ？　あそこの……」

エドワードは案外簡単に自分のことを教えてくれた。

「他の奴には言うなよ。面倒なことになるから」

「わかったわ」

メリーアンは頷いて、微笑んだ。

（私、他の人たちよりも、少しだけエドワードのこと多く知れたかも。悪くない休日だわ）

満天の星を見上げながら、アップルパイを齧る時間は、とても心地よかった。

エドワードに抱くこの気持ちがなんなのか、メリーアンはまだよくわからない。

けれどあともう少しだけ、二人きりで美味しいアップルパイを楽しみたいような、そんな気がした。

あとがき

この度は本作をお手に取っていただき、誠にありがとうございます。
著者の美雨音《みうね》ハルと申します。

友人とたまたま訪れた民族博物館《みんぞくはくぶつかん》の展示物を見ていたときに、この物語は生まれました。

大人になってから博物館にはあまり行ったことがなかったのですが、小学生の頃に修学旅行で行った博物館にもう一度行ってみないかという友人の誘いに乗ってみたところ、見事にハマってしまいました。最初は大人の修学旅行だ！　とはしゃいでいたのですが、静謐《せいひつ》な博物館の雰囲気と、実際に使用されていたという展示物の不思議な存在感に呑まれ、気づけばそこで働くメリーアンと仲間たちの物語を夢中になって想像していました。それ以降、民族博物館だけでなく、自然史《しぜんし》博物館で巨大な恐竜の骨を見たり、科学博物館でプラネタリウムを見たりするようになりました。

博物館の奇妙で、少し怖いあの雰囲気が大好きです。メトロポリタンミュージアムという曲が子どもの頃怖くてたまらなかったのですが、やっぱり今聞いても奇妙で怖かったです。でも博物館のそういう少しホラーで不思議な雰囲気が、創作意欲を掻《か》き立てたのかもしれないですね。

個人的におすすめの博物館は、愛知県のリトルワールドです。野外の博物館なのですが、世界中の様々な国の風土と文化が学べます。外にある展示だけでなく、本館展示も素晴らしいので、ぜひ機会があれば行ってみてください。一つ注意点を挙げるとすれば、リトルワールドには、とにかくお腹を空かせて行かないといけません。どういうことかと言いますと、とにかく行けばわかります。出る頃にはお腹がパンパンになっております。

謝辞を。

インターネットの海の中から、この物語を見つけてくださった担当編集様。魔法史博物館の世界に命を吹き込んでくださったイラストレーターのＬＩＮＯ様。校正様、デザイナー様、ウェブでの読者様をはじめ、この本に関わってくださいました方々と、ここまで読んでくださった皆様に、御礼申し上げます。

美雨音ハル

次巻予告
次の「鍵」は、
月とウサギのパウンドケーキ？
婚約破棄されて辿り着いた先は、不思議な博物館!?
心躍るミュージアム・ファンタジー、第二弾！
聖女様に婚約者を奪われたので、魔法史博物館に引きこもります。
第2巻
2024年発売決定！

GAノベル

聖女様に婚約者を奪われたので、
魔法史博物館に引きこもります。

2023年12月31日　初版第一刷発行

著者　美雨音ハル

発行人　小川 淳

発行所　SBクリエイティブ株式会社
〒106-0032　東京都港区六本木2-4-5
03-5549-1201　03-5549-1167(編集)

装丁　タドコロユイ＋百足屋ユウコ(ムシカゴグラフィ

印刷・製本　中央精版印刷株式会社

ISBN978-4-8156-1974-9
Printed in Japan

ファンレター、作品のご感想をお待ちしております。

〒106-0032　東京都港区六本木 2-4-5
SBクリエイティブ株式会社
GA文庫編集部 気付

「美雨音ハル先生」係
「LINO 先生」係

本書に関するご意見・ご感想は
下のQRコードよりお寄せください。
※アクセスの際に発生する通信費等はご負担ください。

https://ga.sbcr.jp/

第1位
お隣の天使様にいつの間にか駄目人間にされていた件
著／佐伯さん
画／はねこと
第5位
新作3位
透明な夜に駆ける君と、目に見えない恋をした。
著／志馬なにがし
画／raemz
このライトノベルがすごい！2024
（宝島社刊）
GA文庫から続々ランクイン!!!
第12位
新作8位
不死探偵・冷堂紅葉
01.君とのキスは密室で
著／零 雫
画／美和野らぐ
第11位
ダンジョンに出会いを求めるのは間違っているだろうか
著／大森藤ノ
画／ヤスダスズヒト

山、買いました　～異世界暮らしも悪くない～

著：実川えむ　画：りりんら

GAノベル

ただいま、モフモフたちと山暮らし。

スローライフな五月の異世界生活、満喫中。


失恋してソロキャンプを始めた望月《もちづき》五月《さつき》。何の因果か、モフモフなお稲荷様（？）に頼まれて山を買うことに。それがまさかの異世界だったなんて！

「山で食べるごはんおいしー！」

異世界仕様の田舎暮らしを楽しむ五月だが、快適さが増した山に、個性豊かな仲間たちが住み着いて……。

ホワイトウルフ一家に精霊、因縁のある古龍まで!?

スローライフな五月の異世界生活、はじまります。

神の使いでのんびり異世界旅行

～最強の体でスローライフ。魔法を楽しんで自由に生きていく！～

著：和宮玄　画：ox

GAノベル

　人を助けようとして命を落とした元社畜のトウヤ。それを見ていた神様の力で使徒として異世界へ転生することに。与えられたのは、若返った体と卓越した魔法の才能。多忙な神様に代わり、異世界を見て回ることになったトウヤは、仕事ばかりだった前世からずっと憧れていた旅へ、いざ出発！

　異世界グルメを堪能したり、見たこともない街を自由に散歩したり。そして道中、困っている人や怪我をした動物を魔法で助けていく。すると、トウヤの周りには豪商や冒険者、さらに神獣まで集まりはじめ!?　出会いと別れを繰り返しながら、穏やかな旅路はどこまでも続く――。

　のんびり気ままな異世界旅行、はじまりの街・フスト編！